"鲲鹏"青少年
科幻文学奖

石碑

王艺博 著

中国大百科全书出版社　　知识出版社

图书在版编目（CIP）数据

石碑 / 王艺博著 . -- 北京 ：中国大百科全书出版
社，2023.1
  ISBN 978-7-5202-1271-7

  Ⅰ . ①石… Ⅱ . ①王… Ⅲ . ①幻想小说－中国－当代
Ⅳ . ① I247.5

  中国版本图书馆 CIP 数据核字 (2022) 第 240091 号

石　碑

王艺博　著

图书统筹	李默耘 钱子亮
责任编辑	王云霞
责任印制	李宝丰
出版发行	中国大百科全书出版社 知识出版社
地　　址	北京市西城区阜成门北大街 17 号
邮　　编	100037
网　　址	http://www.ecph.com.cn
电　　话	010-68341984
印　　刷	固安兰星球彩色印刷有限公司
开　　本	710 毫米 ×1000 毫米 1/16
字　　数	105 千字
印　　张	14
版　　次	2023 年 1 月第 1 版
印　　次	2023 年 1 月第 1 次印刷
书　　号	ISBN 978-7-5202-1271-7
定　　价	59.00 元

CONTENTS

目录

12.5%

01

突然造访

阳光挥洒在大地上，宿雨沁润枝叶，冬夜潜藏在地底的种子也渐渐生根、发芽，迎接春日的新生。

　　程锦云坐在家门口的摇椅上，闭着眼睛，微风就着阳光轻拂在他的脸上，等待即将到来的人。

　　忽然，他眼睛眯起一条缝，一个斜挎着包的年轻人出现在他面前。

　　年轻人瘦瘦高高的，戴着一副方框眼镜，双手不安地在身前搓着。

　　程锦云嘴角扬起一丝不易察觉的微笑，说："你好。"

"啊，您好！我是东方新闻报社记者周梓龙。请问，您现在方便吗？"周梓龙轻微地调整了一下站姿，还是显得有些拘谨。

"你有预约吗？"程锦云问。

周梓龙摸着脑袋，略显尴尬地说："对不起，会士。我……来得有些太急，忘记了。"

程锦云完全睁开眼睛，起身看向周梓龙，抬起大拇指指向身后的别墅说："进去说？"

周梓龙回答道："没问题。程锦云会士，您想在哪里说都可以。"

程锦云点头，大步走向自己的别墅。周梓龙有些吃力地跟了上去。

程锦云带着他走进别墅。周梓龙在门口脱掉鞋子，抬眼环视一周。雪白的墙壁，整洁的客厅，第一印象并不像一个60多岁独居男人的居所。

正中间的茶几上放着一个照片架、一套茶具，茶几的左右两旁分别放着一张小沙发，后头是一条长沙发。

程锦云走过去，坐在长沙发上，示意周梓龙坐自己旁边。周梓龙回应道："没事儿，程锦云会士，我坐在这里就好。"说着，他走到一旁的小沙发旁，双手握在身前，吸了口气，说："那，我们开始了？"

　　程锦云微微点头，说："可以，想喝点什么？"

　　周梓龙连忙摆摆手，说："没事儿没事儿，不用。"接着，他从包里拿出之前准备好的录音笔和笔记本。

　　程锦云笑着说："没事儿，放松点儿，不用这么拘谨。"说着，按了一下身旁的扶手，扶手沉了下去，很快升上来一个平板电脑。

　　"再给我些乌龙茶茶叶。你们年轻人现在喝不喝茶？"他抬眼看向周梓龙，问道。

　　周梓龙点头，说："可以，谢谢。"

　　程锦云转头对着平板电脑说："两份茶叶。"

　　"没问题，马上为您准备。"机器不带感情地回答道。

　　程锦云将平板电脑往后一扳，把它降了下去，扶手升上来。之后，程锦云靠在沙发上，看向周梓龙，说："好了，你想了解什么？"

周梓龙挺着腰，身体微微前倾，两只小臂抵在大腿上，打开手里的录音笔，向程锦云问道："那，程锦云会士，我们可以开始了？"

程锦云说："可以开始了。"

周梓龙深吸口气，翻开笔记本，看着上面的问题说："我这次来主要是想了解当年那场瘟疫的一些事情。程锦云会士，外面有传言说，您17岁就加入抗疫，和周海涛进行过合作。是不是这样呢？"

程锦云扬了扬眉毛，笑着说："17岁？这谣言谁传出去的？我记忆力从来没差过，我17岁那会儿是2120年吧？那时我才刚刚被选入国家医药大学科研班，并末加入那次抗疫行动，甚至那时瘟疫还没开始。"

周梓龙问："可以详细讲讲吗？和周海涛合作是指……"

程锦云盯着周梓龙，看了一会儿，接着说："说是合作，其实也只是我在他手下工作而已。那一年，先是有人到我家里，说让我和我父母一起到校长室一趟，并告诉我，我有机会进国家医药大学科研班，让我在一份文件上签字，签完后就直接把我带到国家医药大学去了。那时候，也没人能预料到那场瘟疫。我国那个时候，啊，L 国那个时候，载人火箭刚刚成功登陆火星。我到食堂吃饭的第一天，电视上就播着这个新闻，也是在那里，我首先遇到了周海涛同志和我的导师黄瑞江。你听我慢慢跟你讲。"

"李欣哲、孙雪慧、王子昂回来了！从 2120 年 8 月 10 日出发到 2120 年 8 月 31 日回到地球，他们是第一批成功登陆火星的人类！这是人类对宇宙群星踏出的一大步！让人类科技前进了一大步！当李欣哲踏上火星时，他面对无边的阔野，说的第一句话是：'人类又迈出了一步，这不会是最后一步。'让我们永远铭记他们的名字！这三个世界英雄！"

那时候，铺天盖地都是类似的新闻，很难说不会

有些审美疲劳。

黄瑞江导师长得清秀斯文，戴着一副黑框眼镜，当我喝完汤放下碗后，他已经坐在我旁边了。

他看着我，笑着问："你好，程锦云是……你？"

我点了点头，说："没错，是我。您是？"

他说："我是你的导师黄瑞江。程锦云，欢迎来到国家医药大学。"

我当时是真没想到，第一天在食堂吃饭就碰见即将要指导我的导师。在没有任何准备的情况下，我直接蹦了起来，说："老师好！"

他摆了摆手让我坐下，说："不用这样。我看了你关于肌萎缩脊髓侧索硬化症的研究，这都是你自己研究的？"

我坐下，摸了摸头，有些不好意思地说："算是吧。"

肌萎缩骨髓侧索硬化症就是渐冻症，简称ALS。简单来讲就是，你患上这种病之后，会渐渐没办法控制自己，会感到麻木，肢体瘫痪，体重下降，呼吸困难，等等，直到你的心肺功能完全衰竭，以至死亡。

导师又问："可以简单和我讲讲你研究此病的思路吗？"

我讪笑着回答："没有。我只是看了些用干细胞疗法治疗这个病的论文，根据这些论文，我想到，如果能稍微改进一下，使干细胞能更轻易地定向分化，或许能够有效治疗ALS，所以，就想到了改进干细胞对微环境的适应性并对奢侈基因进行改良，让它更容易分化为我们需要的细胞。这也不只是我一个人的功劳。"

导师侧着头认真听完，然后点点头，说："嗯，在之后的学习中，你会了解到干细胞更多的作用。加油吧！"他边说边似乎挺了挺身板，"你知道科研班的起源吗？"看我摇了摇头，导师继续说，"科研班设立于一场大瘟疫后。我们在付出了很大代价之后，为了预防未来可能出现的情况，于是设立了科研班。所有被选上的孩子都对医学抱有极大的热忱与天赋。我大概看了一下你的资料，你是不是从初中就开始对医学感

兴趣了？"

我只是点点头，没有说话。导师见我没有接话，顺势转移了话题。

之后，我们有一搭没一搭地聊了一会儿。他掏出随身携带的笔记本和笔，让我在上面签名。我注意到，他让我签名的地方是一页纸的顶端，但我没有深究这意味着什么。因为根据他的说法，他会让自己带过的每一个学生都在上面写上自己的名字。等吃完饭后，我就回到自己的宿舍。

科研班每个学生都住单人宿舍，里面有很大的空间，可以自己安排，所以我们都会在地上放一张毯子，如果有人串门串到太晚，就可以直接在毯子上睡觉。这是很早就留下来的传统。啊，这个不重要，只是想到就提一嘴。

"我和导师的第一次对话就是这样。"程锦云说，"他是一个很可爱的导师，我很敬重他。"

这时，沙发的扶手边出现了一个圆孔，一大罐子茶叶从圆孔中升起，程锦云将茶叶放进桌子上的茶壶里，泡好后，倒上两杯，茶水正好是满杯的三分之二。之后，他将其中一杯递到周梓龙面前。

等程锦云说完，周梓龙看到茶几上有一张照片。上面是两个小孩，正依偎在草地上睡觉。那个男孩和程锦云有几分神似，躺在他旁边的是个漂亮的女孩。

周梓龙意识到这可能和会士没说的事情有关。他收回目光，继续提问："所以，2122 年暴发 HV1 的时候，您还在读大三？"

程锦云将茶杯举起来，抿了一口茶水，说道："是，它几乎是在世界各地同时暴发，来得非常迅猛。那时，我已经在中科院里面对这种病毒。当我们第一次实地考察的时候，大街上根本看不到人影。所有患者都聚集在医院门口，眼神都是死的。他们有的坐在马路上，有的站在石柱旁，唯一的共同点就是，他们都会下意识地远离雕像……你没经历过，可能很难想象那种被

压抑的绝望。虽然这场瘟疫发生在我读大三时，但我接触到HV1却是在大二。"

当时是2121年9月7日凌晨一点半左右，我正在实验室忙着我的课题。由于实验过于紧张，所以忙的时候，手机都关着机。当时，我在进行干细胞修复小鼠的基因以减轻小鼠ALS的神经炎症症状，并增加小鼠存活时间的实验。当然，几乎没什么进展。我也向导师反馈过，说弄这个东西指不定都没法毕业。按照导师的说法就是："要是不研究点儿前沿的东西的话，这个班还不如不开。"

实验结束后，我才发现手机上的未接来电已有几十条，导师在我手机关机的这段时间里对我进行了"集中轰炸"，一直持续到我打开手机的两分钟前。

直到这时候，我才意识到时间，这个实验已从前一天的上午七点一直持续到现在的凌晨一点半。

我连忙打回去，手机只响了一声便接通了："程锦云，你赶紧来我办公室一趟。"他说话的语速很快，说完便挂断了电话。他的办公室在学校教学楼三楼，我赶紧赶到那儿，敲开了他办公室的门。导师正坐在办公桌的椅子上，脸色阴沉得可怕。

"程锦云，ALS 可能有新的变种。"没等我坐下，他就宣布了这件事。听到他说的话，我的身子一顿，有些颤抖地坐下，问："新的病症？"

他点头说："是的。前天，中科院医学院来了几个患者，从症状上看，是全新症状，但和 ALS 又有相似之处。今早，院方开了个会，周海涛，也就是中科院主要领导之一，说需要紧急成立一个专项组来研究这个疾病，它的医学价值可能很大。我就想，你对 ALS 有所研究，就把你报了上去。这可能是一个 ALS 亚种，如果研究出来了，对这个病的治疗可能有不小的帮助。等跟完这个组，你提交一份论文，不出意外的话，是可以毕业的。如果论文再写好些，就有机会直升进中科院本部。怎么样，有没有兴趣？"

我心脏漏跳了半拍——有机会在第一时间研究变种，还有可能和自己想研究的方向有关联，甚至有机会直接进中科院的本部，根本没有拒绝的理由。

我的声音有些发颤，说："真的可以吗？"

导师点头，说："如果以后要研究ALS，加入这个专项组对你可能会有帮助，所以我强烈要求把你报了上去，就看你自己的想法了。这个我不强求，不过这种机会不多，你好好考虑一下。"

"要的，老师，我肯定去。"当然，那个时候，我也没有多想什么；不过，从之后的事情看，我注定会这么回答。

导师点点头，从抽屉里取出一沓纸，说："在这里签一下字，这是一份须知和人身安全保险；不过，我也得提醒你，这是一种新型变种，我们谁都不知道它未来的走势是什么样的，甚至不清楚是否具有传染性。你还是再好好考虑考虑下，和家人商量一下。"

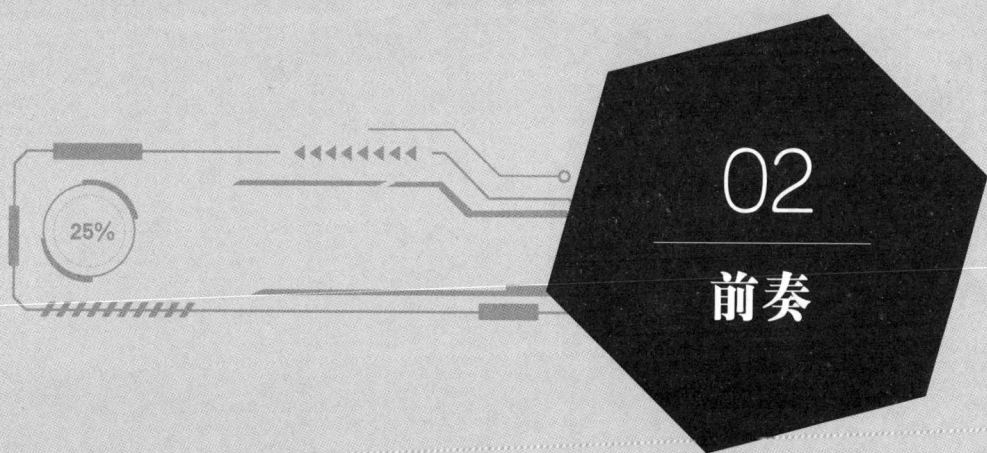

25%

02

前奏

鲲鹏

说到这里，程锦云笑了一下，说："我当时答应的时候，其实也没想到这种病毒会这么严重。虽然导师提醒过我，但我当时觉得这根本不是事儿，因为 ALS 是运动神经元疾病。在我看来，无论是什么亚种，都不可能具有传染性；而且，如果真的是 ALS 的亚种的话，对我的帮助是极大的。所以，我怀着参与新亚种研究的兴奋签署了这份协议。"

周梓龙若有所思地问："所以，这之后，你就到了中科院，和周海涛一起……"

程锦云点头，靠在沙发背上抿了口茶，笑着说："仔细想想，那时我没想过为什么这个所谓的新亚种会严重到要成立专项组来研究，也没想过周海涛同志为什么这么重视它，为什么让我进去观察学习，所以也没想到可能会有危险。"

　　说完，他起身将身子坐直，深吸一口气，将茶杯放下，看着周梓龙说："在和家人商量过后，我很快就来到中科院。"

　　中科院，全名"中央科学院"。它翻修于 2100 年，有 3 座独栋实验楼。

　　实验楼里有各种稀奇古怪的实验设备。后面是一栋大宿舍楼，楼前有一条大道，里面有一个剑形的喷泉池。每当进入夜晚，喷泉池周边的灯会最先亮起，好像是在率先劈开黑暗，带来光明。我称之为"达摩克利斯之喷泉"。

　　大道两边伫立着两排雕塑，塑的是古今中外最伟大的科学家们，他们的目光会注视道路上的每一个人。

在最中间宿舍的后面，甚至还有一个单独的停机坪，它被后花园环绕着，以备没有航班但又需要立即出发的学者使用。

这里提供的也是单人宿舍，床铺、桌子等基础设施十分齐全。我把东西放下后，和家里人通了一个视频电话，便早早休息了。

第二天，我依照集合时间到实验室报到，推开门，发现已经有6个人围坐在里面的一张桌子旁。

看到我来了，其中一个坐得离其他人比较远的人说话了："人都到齐了，我是你们的负责人周海涛。你们这个项目组的任务，我想不用再多赘述。你们几个先简单认识一下。"

之后，就是几段简短的自我介绍。我凭记忆给你简单复述一下他们之前的工作经历或研究方向。

许世杰，之前的研究方向是致瘤性病毒的复制机理以及病毒与宿主的相互作用。

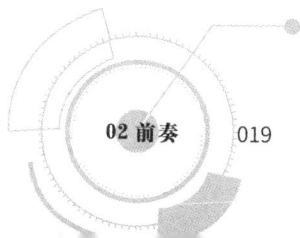

冯文驹，曾致力于 HIV 致病机理、变异规律以及抗病毒药物的研究，并在此基础上进一步研究 HIV 感染的致病机理。

孙婉莹，曾鉴定新的与 HIV、COVID-19 等病毒互作的宿主因子，并解析其作用机制。

马斯克，曾致力于 ALS 的研究。

江涛，曾从事重大疾病直接相关的病毒完整颗粒及病毒与受体、病毒与抗体的超大分子复合物的精细三维结构和相关功能研究。

再之后，就是我的自我介绍了。我当时有些紧张，他们看向我的时候，我感觉头皮发麻，张了张嘴想说话，却什么也说不出来。在这群前辈面前，我感觉自己有些过于渺小了。

周海涛前辈看了我一眼，说："他是跟着我们观察学习的学生，国家医药大学科研班的，毕业论文的方向是干细胞修复作用于 ALS 的模型。"

我紧绷的身体在一瞬间松弛下来，很难说我当时的感受是羞愧还是感激。不过，通过后来和前辈们聊天我才得知，他们几个在得知我的研究方向时，都眼前一亮，因为真的很少有学生会对这个病种感兴趣，所以他们马上对我产生了兴趣。当然，我想这其中肯定也有一部分是因为"国家医药大学科研班"这几个字的关系。

当然，在聊这些的时候，马斯克不在，他的研究方向是我猜的。

江涛也什么都没说，因为他当时正在下面给患者做检查。

在说完这些之后，周前辈就出去了。之后我们经过简单的探讨，来到楼上的隔离病房。

孙婉莹拿起隔离区记载患者体征的平板电脑看了一会儿，说："这些患者是3天前被人送过来的，血压、心率普遍偏高。除了3号患者，其他人的心率都低于普通人，是亚临床症状；血糖正常，已经建立了静脉通道；手臂不同程度地呈淡黄色，发黄部分皮质坚硬，毛

发脱落，肌肉呈现不同程度的萎缩症状；发烧，有寒战。这是报告，血液样本在上面。你有什么想法吗？"

她把平板电脑递给我，我愣了一下。孙婉莹没有把手收回去，而是看着我说："我们这里可没有其他 ALS 方向的人才。"

"等等……"周梓龙看着录音笔上的记录，说，"马斯克应该也是 ALS 方向的吧？"

程锦云听罢，拿起杯子喝了口茶，接着说："那时，她应该是想了解我的专业水平所以才这么问的，我也确实有些紧张，忘了马斯克。而他，就在一旁看着孙婉莹，非常疑惑地看着，不过他不是一个特别喜欢说话的人。"

我有些局促地接过平板，仔细看完上面的数据，说："我之前好像没见过这种情况的 ALS……"

"你有什么想法吗？"孙婉莹再次问道。

我看着平板电脑上的数据，粗略计算了一下，说："ALS 患者的肌酸会升高 49% 左右，而肌酐和甲基组氨酸会分别降低 20% 和 24%；但这里都没有体现。这些患者的肌肉应该不属于萎缩现象，而是……这个数据，我看不懂。不过，你看这里，男性 ALS 患者的肌酸与肌酐之比应该增加 370%，女性应该增加 200%。但这里的数值根本没有明显变化……不过，除了这些，其他症状都比较相似，除了……角质化？"

　　我一边看着报告里的样本数据，心一边渐渐沉了下去。为什么会没有明显变化？身体某些地方只要有一点问题，整个身体的化验数值都会发生改变；而这种体表出现这么多症状的患者，其数据更不可能没有变化。渐渐地，我感到了不安。

　　孙婉莹眨了眨眼，问我："你多大？"

　　"我？18 岁了现在。"

　　"可以。"孙婉莹笑着，眼睛眯成了一条缝儿，"继续加油吧，我们先确定分类吧。文驹，过来，抽血。"

冯文驹在后面不满地抿了抿嘴，但没有说什么，只是走上前去，将注射器准确、迅速地扎进患者的血管里。

很快，我们就遇到了瓶颈。

检测的过程中，我们并没有发现任何我们定义的东西。患者虽然有很多显现出来的症状，但身体内部却几乎没有异常。换句话说，我们根本检测不出致病因子是什么。血液在进入空气后，很快就会变黄，变得坚硬，和体表皮肤一样发生角质化现象。

后来，我们试着以真空形式保存抽出来的血液，一样没什么用。我们也怀疑这是一种皮肤类疾病；但是，几天后，就有患者死去，死因是窒息。死者浑身上下都变成了黄色的坚硬物质，这种变化在十分钟内就会完成。

我们在对患者尸体进行解剖时发现，他们的体内组织也变成了完全一样的物质，所有组织、器官都混成一团，无法分辨彼此。

直到这个时候，我才意识到问题的严重性，一种不祥的预感环绕在我心头，无法打消。

我们研究患者的生活轨迹，发现他们彼此间几乎没有交集。在他们所在的空气中，也没有找到任何特殊的活性病毒、细菌等致病因子。在这段时间里，我们否定了这是一个ALS亚种的猜想。

我们对这种突然出现的病症根本毫无头绪，每天就重复着抽血、观察、记录、解析，抽血、观察、记录、解析……对某个症状的研究是缓慢且枯燥的，直到我将一份血液样本摔碎了。

那时，根据要求，一切试验都得在中科院那所独栋的、生物安全等级为4的实验室内进行。上面给的说法是，实验室不够用了。

我穿着厚重的防护服，一边瞪着血液样本，一边放松大脑。我是来打下手学习的，我的工作就是将样本放到需要的地方。

冯文驹刚刚观察完患者的血液样本，他将消完毒的样本从生物安全柜中取出，对着中科院的系统进行

语音记录，系统会自动将其生成文字。

他一边说一边看着系统生成的文字，眼睛都没抬一下，抬手将刚消完毒的血液样本递给我。可能我当时没完全回过神来，从他手上接过样本时，样本从我手指缝中滑过，随着一声清脆的响声，样本掉到地上，碎了。

冯文驹几乎条件反射似的跳了起来，他迅速后退了几步，抬头瞪着我。其他人听到响声，几乎同时看了过来。实验室在极短的时间内陷入诡异的寂静中。

所有人都看着房间中的玻璃碎片和旁边愣住的我。

最先反应过来的是许世杰，他一把把我拉开，远离样本，口中碎碎念道："没事儿，没事儿，没事儿，咱有防护服，没事儿。这玩意儿也不一定是传染病。没事儿，没事儿。"

但试管碎了，血液没碎。

看了一会儿，冯文驹缓慢且神色凝重地将血液捡起来。此时，那血液已经角质化。他小声嘀咕道："这到底是个什么玩意儿？"

江涛问："你给它消过毒了吧？"

冯文驹白了他一眼，说："废话。可是我10分钟前才用过这份血液，为什么会出现这种情况？这几天，那些患者的血液也都无一例外会变成这个样子。到底是为什么？"

孙婉莹看着冯文驹手上的样本，说："这份血液是什么时候从患者身上抽出来的？"

冯文驹看向孙婉莹，低头看着系统的记录面板，说："绝对不超过15分钟。这玩意儿怎么能变得这么快？"

我站在一旁，有些窘迫。一方面，是因为自己的操作失误；另一方面，也是为自己脑海里冒出的一个并不专业的想法。

就在这时，孙婉莹转头看向我，问："你有什么想法吗？"

我一愣，抬头看向孙婉莹。透过防护服，我能看见孙婉莹的眼神，她似乎是在试图让我好受些。

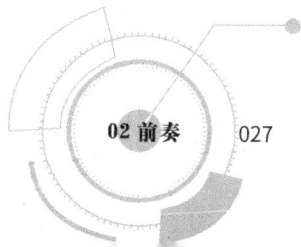

我许久说不出话来。

孙婉莹继续说："没事儿，什么想法都可以说。这和 ASL 有关联吗？"

我摇摇头，说："不，应该没有关联。这个有点儿像石头。"刚说完，我就感觉有四道目光聚焦在我身上。

许世杰说："接下来，我们只需要找到美杜莎就能解决问题了。"

"人的血液根本不可能变成石头，但凡有点儿常识……"冯文驹说到这里，忽然不说了，他盯着手上的血液样本，沉默了好一会儿，"不过，也有可能。"

江涛说："可能？这两者之间根本一点儿关联都没有。冯文驹，你怎么会有这种想法？"

冯文驹说："你以前有没有见过这种类型的血液？在这种什么都是未知的情况下，我们需要考虑到所有的可能性，对吧？在这种非常时期，我们就得有非常的思路。"

江涛深吸一口气，盯着冯文驹说："我认识一位石质学家，如果你想确认它是不是石头，我可以把它送去检测一下，就在楼下。"

冯文驹看着他，笑了一下，把手上的血液样本递了过去。江涛迟疑了一下，戴着手套接过去，放进样本运输袋里。他回头，似乎想说些什么，却只是张了张嘴，什么都没说出来，只是将那份血液样本带了出去。

孙婉莹坐在实验室的椅子上，看着刚刚发生的一切，笑着摇了摇头。

等江涛走出实验室，她对冯文驹说："文驹，对别人说话时语气好点儿。我都说过多少遍了。"

冯文驹看着孙婉莹，抿了抿嘴，小声嘀咕道："别唠叨了。这要能改，早就改好了。"

这时，我感觉有一双手拍到了我的双肩上，我身体轻微一震，转头看去，是许世杰。

他笑着凑到我耳边说："他俩之前在一个项目组，虽然没什么，但肯定有点儿什么。你懂吧？"我一愣，一方面是因为没想到在这里也能听到八卦，另一方面

是因为没想到和我分享八卦的人是我觉得遥不可及的前辈。

一时间，我产生了一丝说不清道不明的不自在感。我有些僵硬地笑着回头，说："好的，明白。"

他又笑着拍了拍我的肩，站起身，说："我去观察室那边看看患者的情况，做个记录。等会儿江涛那里要是有消息了，记得给我打一个电话。"

几个小时后，江涛回来了。

"冯文驹，你是不是把样本调包了？"这是他回来后说的第一句话。

冯文驹看着江涛说："你才调包了！是石头？"

江涛将手上的样本放到桌上："和火成岩的结构很像……但肯定是有区别的，不可能完全一样才对。"

说话间，江涛前辈就像见了鬼似的。当然，我也是。其实，那时候，我也根本没想到这种不专业的想法能得到验证。

而且，好像方向还对了。

江涛看着样本，过了一会儿，又拿起来，说："这不可能，肯定哪个环节出错了。检测的时间太短了，我再拿给他看看。"

就在这时，许世杰从门口走进来，说："重症患者深度昏迷，带有高烧；全身皮肤都呈淡黄色，皮质坚硬，无法从中抽出血液成分；皮肤细胞增殖。据初步观测，他们最后会窒息而死。只能从生物电中感受到微弱的心跳，生物电偏弱。20 号到 24 号刀片均无法切割皮肤。江涛，你那边有检测结果了吗？"

这时，又一个人说话了："致病因子…… 可能是……病毒，而且，可能只有……RNA。"

我们回头看去——是马斯克。

我想，那个时候，我们都在思考同一个问题：这家伙刚才在这儿吗？

马斯克看着我们，说："我……对照了患者的新鲜血液……和健康的……血液，患者的血液多了……一条 RNA……一样的东西。"

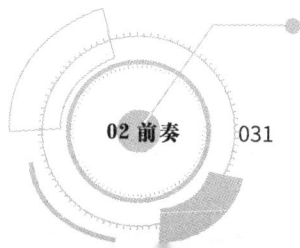

说完，他将手上的资料递给江涛，说："一起……送过去……给他。"

江涛愣了一下，接过资料，问："多了一条RNA？"马斯克点头，什么也没说。

冯文驹问："你是怎么知道的？"

马斯克没有说话，指了指那份资料。

江涛将资料抽出来看了许久，越看眉头皱得越紧，之后，他转头对马斯克说："你的意思是，这是病毒，但没有DNA？不是，这不可能啊！怎么会有没有DNA的生物病毒？"

孙婉莹看着江涛，说："类病毒，类病毒就只有RNA。我们之前确实没有考虑过这种情况。但类病毒只感染植物，有感染动物的类病毒吗？"

这时，马斯克已经找到一个位置坐下了，他坐在那里看着地板发呆。冯文驹则从江涛手上将资料拿了过来，一边看一边说："这就基本确定了，是我们从没发现过的新病毒……那现在的问题就是，这玩意儿有传染性吗？"

马斯克抬起头，说："不……知道。"

江涛很快带着样本和马斯克的资料，又去找了一趟石质学家。

几天后，石质学家那边的结果出来了。

"你们这边提供的样本很像火成岩，简直可以说是一模一样。你们确定不是找了个火成岩的样本来糊弄我？"电话那头的石质学家这么说道。

实验室里，我们6个人围成一个圈坐在桌子旁，桌子中间是江涛的手机。

江涛看了一眼冯文驹，说："我也不知道。"

冯文驹对着电话那头说："你帮我们看看另一份资料，咋样？"

石质专家回答："你们给我发的那个，我看不懂，我又不是学生物的，对不对？火成岩的形成是由岩浆侵入地壳或者喷发出地表冷却形成的，也叫岩浆岩。这个对你们有没有帮助？"

"目前没有。"冯文驹回答。

孙婉莹一只手托着腮，边看手机边问："火成岩有没有什么特征？有没有和人体相似的结构？"

"啊？和人体相似？都有气孔算不算？一般的岩石也都有气孔，人体的气孔，我不晓得；但是，皮肤上的气孔应该和岩石的气孔差不多。"石质专家回答。

孙婉莹点了点头，就没再说话。江涛道了谢，并告诉石质专家，人体的气孔叫毛孔，然后挂了电话。

冯文驹望向孙婉莹："你有头绪了？"

"完全没有。"孙婉莹抹了抹脸，"如果有小型病毒检测器之类的仪器就好了。"

冯文驹撇了撇嘴："那玩意儿造一个就是天价。咱这组要有那么多钱，就算没有这个，也早弄清楚这病毒了。而且，就那玩意儿的造价和实用程度相比，指定很快就停产。实际上，那就是一个代表前沿科技的没用的玩意儿。"

我问："什么是小型病毒检测器？"

许世杰回答说:"是一种很小的装置,每个大概只有我们指甲盖的十分之一大小。是科研部那边研究出来的新东西,一个就能检测出整个房间的病毒含量,就是造价稍微有那么一点儿超出预期。刚刚生产完一批,现在就没有下文了。"

　　冯文驹补充道:"超了中科院总预算的一半,能叫'那么一点儿'?"

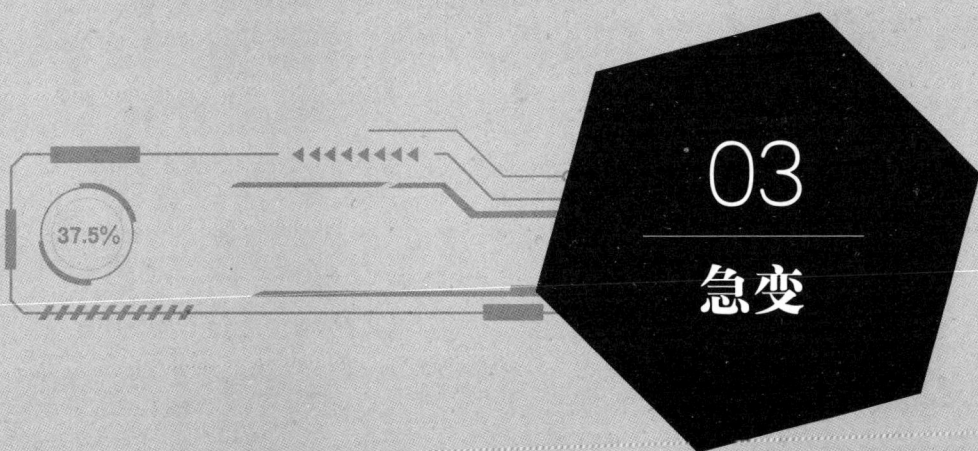

03

急变

鲲鹏

程锦云停下来，又喝了口茶，说："到那时为止，其实一切还好，因为虽然偶尔会有一些患者出现，但总体而言，数量并不算多。再之后，那场瘟疫便正式开始了。"

　　他看向窗外，麻雀在枝头啁啾，蓝天、白云映着青草，显得祥和、安宁。

　　周梓龙看着录音笔上语音转成的文字记录，问："也就是一年后？"

　　程锦云说："对，一年后。这期间，一方面，因为

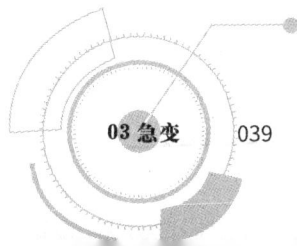

资金；另一方面，因为病例还是太少，所以对此病的研究进展很缓慢。患者一般在出现症状后两周内就会死亡，导致我们很难进行有效研究。唯一的线索就是，尸体通身会变成和火成岩极像的物质。而我们已知的手段只能用在了解病情的严重程度上，却没办法辨别出未出现症状的感染者，也没办法确认病毒的传染方式。最重要的原因是，将感染了病毒的血液抽出患者身体后，1分钟内，病毒就会死亡。无论用什么培养液，都无法保证病毒的存活。这也加大了研制特效药的阻力。当时，我们还面临一个问题：一直都没有追踪到零号患者。患者在出现症状前的日常作息也并没有和常人不一样的地方。"

这一年里，我们将该病毒命名为Human Viroid's 01，简称HV1；也给患者身体变成黄色类岩石的现象定性为"火成岩现象"。

一年后，也就是2122年9月22日，我正在睡觉，忽然被一阵电话铃声吵醒了。我睡眼惺忪地接起了电话，那头传来很急切的声音："你现在赶紧到会议室一趟。"是专项组负责人周海涛，我被他一下子激醒了，看了眼时间，正好是凌晨两点。

我赶紧穿好衣服赶去会议室，到达的时候，我们小组的其他人已经到齐了。

周海涛站在会议室的白板旁边，表情严肃。

我赶紧坐到座位上，周海涛说话了："刚刚接到消息，在之前的两个小时内，我国境内已暴发式出现了大量 HV1 患者，现在启用紧急计划，将临时派遣几批次人员前往各个危重地区采样。你们几个是第一批，一会儿赶紧回去收拾东西，需要你们去津地区采样。如有问题，现在快提。"

孙婉莹和冯文驹对视一眼，之后，冯文驹问："疫情暴发了？"

周海涛点头，确认没其他问题后，他继续说："好，现在回去收拾一下，3 个小时后，也就是 5 点，准时出

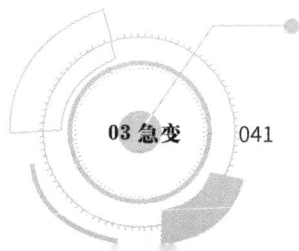

发，都别迟到。解散。"

整整一年，我们都没获得什么特别有效的信息。以我们当时的医学水平，这个病毒几乎是无法解析的。就算是现在，已经过去 40 年了，这种能感染动物的类病毒也没有出现第二种。

它完全不是我们当时所能理解的动物病毒，它会转录人类的 DNA 化为自己的 RNA。

对于这次暴发，我们并不意外。相反，我们曾上报过很多次，认为疫情可能会暴发；但是，都被周海涛驳回了，理由是目前并没有出现过大规模的暴发案例。

虽然当时无法理解，不过，之前确实没有造成很大损失。我们这个小组的经费也非常有限，如果不是因为这个病毒的特异性，我想我们这个专项组都会很快被撤销。

现在说起来，我们还挺幸运的。当年，巨安特族就是因为最终没能解决这个问题而被团灭。我之后会和你说，我们是如何认识这个种族的。

再然后，我们各自回寝室收拾东西，收拾好东西后，剩下的时间也不多了，索性起来和朋友聊了会儿天。幸亏有几个晚上不睡觉的朋友陪着我，也和家人报了平安，让他们好好待在家里别乱跑。

3点多，我的电话忽然响了起来，我接起来，导师的声音从电话那头传过来："睡不着吧？"

"是，总归会有些紧张。"我实话实说。

导师轻笑了一下，说："没事儿，你不用紧张，一次实地考察而已。虽然对你来说，可能和对其他人不太一样，但肯定会平安无事的。另外，和你说一声，我已经得到批准，到时候会跟着你，去辅导你。"

"啊？真的吗？"我一愣，问道。

导师回答说："没事儿，我和周海涛同志很熟，等到医院再说吧。"

当时，我感到有些意外，因为从大二到大三这段时间，我和导师的联系也仅限于作业上的研讨，生活上并没什么交集，现在导师要冒着危险和我一起去实地

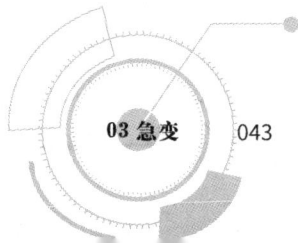

考察，很难说不会被感动。

当然，他能跟着我一起去，我肯定会感觉好一些。于是，我连忙答应下来，并表达了感谢。

只是，我当时还并不知道这段对话后面蕴藏的信息是什么。

周梓龙一边听一边点头，眼睛却不自觉地往桌上的相框看去。

程锦云顺着他的目光看去，笑了笑，说："她叫刘志雪，是我发小。"

"啊，好的，程锦云会士。"周梓龙有些拘谨地调整了一下坐姿，目光不自觉地转移到面前的空位上。

程锦云看着照片，说："我和你说过我为什么会学医了吗？"

"没有，程锦云会士。"周梓龙回应道。

程锦云看着照片，沉默了一会儿，说："我也简单和你讲讲我和她的故事吧。"

"好的，程锦云会士。"周梓龙一边点头，一边看向录音笔的记录。

程锦云看着照片，陷入回忆："我和她从小就玩得很好，我们出生在一家医院，在相邻的床上。因此，一来二去，两家在照顾孩子的时候也就熟络了。我和她一起长大，一起读完了小学，读到了初中。

"她喜欢吃巧克力，所以，我就经常带一块巧克力去找她。我起初并没有注意到她走路经常需要停下来歇息，说话越来越含糊不清，力气也越来越小。直到她坐上轮椅，呼吸越来越费劲，我才感觉到不对；但我怎么问她她也不说，只会敷衍过去。我们最后一次正常见面是在一次放学后，她让我带她到河边玩，她久久地凝视着湖面，什么话也没说。第二天，她就没来学校了。"

程锦云脸上没有什么表情，仿佛并不是在诉说一件发生在自己身上的事情。

"我找到她家，她父母告诉我，她现在在医院，不

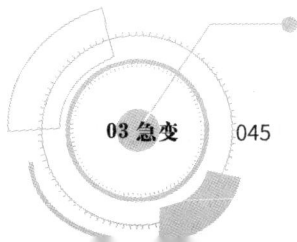

能再去学校了。于是，我找到那家医院。护士告诉我，她得了 ALS，现在不能动，话也说不了了。我只能每天一放学就去看她，对她说着得不到任何回应的话。直到那天，我放学跑到医院的时候，发现她的病床空荡荡的。之后，我再也没见到她。"

周梓龙察觉到，程锦云的语气并没有很大的变化，他就像一块木头一样，单调地复述着一件事情。

过了一会儿，程锦云笑着说："那时还是太小了，有些幼稚，总觉得能靠自己的力量去改变什么；长大了才知道，其实什么也改变不了。"

周梓龙没有说话，也不知道应该说什么。

程锦云顿了顿，轻轻地吸了口气，继续说："然后就是去津地区的事情了。"

那时，津地区到处一片死寂，国家处理得十分迅速，短短几个小时后就发布了禁行令。

在上直升机前，周海涛给我们每人递了一件防护服，示意我们穿上。我们后知后觉地重新评估了这个病毒的感染性，结论是"极强"。

防护服里很热，穿在身上黏腻难耐，让人有些头晕。

一路上根本看不见几个人影，就算有，也都是朝着医院的方向去的。

很快就来到医院附近，最后一小段路需要步行过去。金黄色的秋叶随风散落，铺满了街道，把地面染成金黄色。

还没等靠近，呻吟声、哭喊声就传了过来。远远就能看到津第一综合医院门口密密麻麻的人。基本上，所有人的身上都或多或少有火成岩现象。

我们走进医院，看见通身泛黄的 HV1 患者们坐在椅子上、地上，双眼无神地望着前方，望着我们进来的方向。

忽然，一个病人疯了似的抓住走在最前面的冯文驹，死死地抓着他的防护服，带着哭腔喊道："到底是怎么了？我得了什么病呀？大夫，你们知道该怎么治

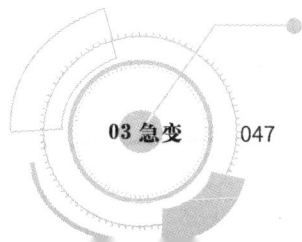

疗，是吗？你说话啊，这到底是什么病呀？"冯文驹没有说话，就这样让这个患者抓着、喊着。最后，病人好像也累了，松开手，哭着跪到地上。

冯文驹蹲下，扶着他的肩膀，正想说些什么，病人却猛地将冯文驹的手拍开，满脸狰狞地吼道："你们什么都不知道，怎么能算医生啊！我到底是怎么得的这个病呀？你们什么都不知道，怎么能算医生啊！"

周围所有人的目光都聚集在他们身上。病人情绪失控，把已经火成岩化的手一抢，抢到了冯文驹的头上。冯文驹被这突如其来的冲击打得跌倒在地。

冯文驹倒在地上，半天缓不过劲来。孙婉莹连忙小跑过去将他扶起。冯文驹扶着孙婉莹默默站起来，对那个病人说了声"对不起"。

在孙婉莹的搀扶下，他带我们继续向前。周围没有任何人上前做什么、说什么。我看向冯文驹，防护服里，他的嘴角好像有血流出。

我们走进VIP隔离区。VIP隔离区分为两层，上层是监测数据的地方，有一张长桌子和几把椅子，桌子上有一台电脑，该电脑的系统只支持与设备对接后接收、分析和修改数据，电脑机箱连着很多根接到下层的线。下层是隔离病房，每个患者都住单间，可以最大限度地保证不会交叉传染。

两层之间通过楼梯上下，每间隔离病房分别有两扇门，前后门之间是消毒室，进出都要在里面接受3分钟的消毒过程，后门后面则是隔离间，里面住着患者。

为了尽快找到病原体，医疗物资优先保证我们这边的供应。很快，我们就投入工作中。印象里，那段时间很长，昼夜颠倒、日夜不休地进行检查、比对，以寻找病原体。每天困了就在桌子上趴一会儿，醒了就继续工作。

因为没有特效药，只能给患者开一些抗生素。虽然现在看来这些措施的用处不大，但在当时是没有办法的办法。

许世杰也在吃饭时问过我关于学医的原因，我也简

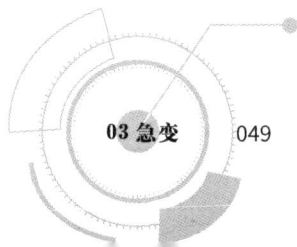

单回答了。每天，我都在短暂的休息时间里和家人联系，他们也告诉我一切都好，叫我注意安全。

我不知道的是，那时，我的父亲已经出现症状了。

在如此高强、高压的情况下，如果没有某种信念支撑，这种夜以继日的工作会很难坚持下去。

这场瘟疫还在持续发酵，每天都有数不清的患者进入医院，隔离病房已没什么意义了。

我们进隔离病房时，带了一些压缩干粮。不知道从什么时候开始，我们的吃喝都是在隔离病房进行，甚至越来越多个晚上，休息也在里面，眯一小会儿后又得投入到工作中。每天，病房内都有人死亡，运出去后，新的患者又被送进来躺在病床上等死。

这样的日子过了不知多久。

一天，我被砰的一声给吵醒了，心脏被这一响惊得漏跳了一拍。我昏昏沉沉地将头从桌子上抬起来，发现隔离区的门外已经站满了人。如果不是要刷卡才能进，恐怕他们已经进来了。

那些人身上或多或少都出现了火成岩现象，为首的人，我暂且称他为"小王"吧。

哄闹嘈杂的声音传入我的耳朵，我捂着头坐起来，导师看见我醒来，问："醒了？"

"嗯，怎么回事？"

导师皱起眉说："外面的患者一定要我们给他们一个交代，说自己有知情权，认为我们隐瞒了信息。"

我看向我们组的其他人。此时，他们正在我旁边的椅子上坐着，都没有说话。

我问导师："我们已经把知道的信息都公布了呀。等我们完成任务，不是一定会给他们一个答复吗？"

冯文驹冷哼一声，说："你去，去和他们说，看他们信不信你。以为我们没这样说过吗？他们就是觉得我们有所隐瞒。"

许世杰扶着栏杆，向下看着病房里的患者，回头压低声音对我们说："现在，我们的物资来源被切断了，这里的物资撑不过一周。好消息是，我们还有吃的；坏

消息是，全是之前带进来的压缩干粮，特别难吃。"

"喂，这么久了，你们还没研究出什么东西吗？你们拿着我们的钱，到底办不办事？你们科研部门都是吃白饭的吗？你们平时到底都在干些什么？！"小王冲我们喊道。后面的患者也纷纷附和。

许世杰咬着牙低下头，却笑了。他站起来，冲着门外喊回去："我们当然有研究出的东西，但是，即使给你们看，你们也很难看懂吧？你们不管不顾就在这儿闹，到最后对你们也没好处不是？反正这里离首都也近，要我说，你们要是不信任我们，我建议你们打个车直接去举报我们，怎么样？"

门外的小王朝地上啐了口痰，说："睁着眼睛说瞎话，谁不会啊！以为我们不知道你们在撒谎吗？真以为我们没有脑子吗？你们现在快把该交代的都给老子交代了！"

许世杰微笑着伸出双手："没事儿，你如果能当上负责人，不就知道我们说的那些话是真是假了吗？要不，现在去考个大学，指不定还有机会。"

"你们很了不起是吧？老子照样能干死你，信不信？谁都别活了！"小王明显气急了，扭头对后面的人喊道，"给我砸！今天，我就要把这玻璃门砸了，给大家讨个公道！"小王边说边带着人砸起门来。

一下接着一下，门却纹丝不动，宛如一个卫士一样屹立在那里。

许世杰见状，接着喊道："停！停！我可不建议你们现在就把这门砸坏了，他没有判断力，可你们还是要有的。"

小王气喘吁吁地停下，用手指着许世杰："怎么？你别怂呀！"

许世杰笑着说："这里面的病毒密度比外面的高，那我就悄悄给你们透露一点儿吧：暴露在病毒密度越高的地方，病情恶化得越快，意思就是说，人会死得更快些。我们健康人在里面都会感觉不适，寿命会缩短。几天后，万一我们研究出特效药了，结果你们却死了，

那不是得不偿失？我就寻思，你们老老实实在外面待个几天，完了我们把特效药给你们拿出来，不就好了？"

小王在门外沉默了好一会儿，才"咔"了一声，嚷道："咱就在这儿围着了，等什么时候你们弄出给老子的那什么特效药了，你们再出去！你们快变成病人吧，到时候，你们就给老子老老实实好好研究！"

许世杰又问："喂，那我们需要的一些医疗器械还在外面，怎么办？没有它们，这也不好给你们研究特效药呀。"

小王一口唾沫啐在玻璃门上，说："你自己想办法，要是没给老子弄出药来，到时候，你们就等死吧。"说罢，便带着其他人把门口围了起来。

隔离室内的患者也被外面的声响惊动了，他们走下床，议论纷纷。

江涛走到隔离室的中间，说："大家请少安毋躁，安心在室内休息，我们会给你们一个答复的，请相信我们。如果连你们也不信任我们的话，我们就真的、真的没有任何办法了。"说到后面，江涛的声音里已经有了一些哭腔，隔离室内的患者这才躺回病床上。

孙婉莹脸色阴沉得可怕，趴在桌上什么也没说。

我注意到，江涛走到最里面，在几乎没有人能注意到的地方，背过身，抹了两下眼睛，再深吸一口气，转过头，回到我们旁边。

许世杰悄悄松了口气，对我们耸了耸肩，说："万一他们被逼急了，那就希望这个玻璃是防弹的。我饿了，要不，我们先吃饭？"

我有些不解地问导师："为什么人会变成这样？不信任国家，不信任政府，不信任我们，他们还能信谁？我们能拥有这一切，不都是国家、政府经营的结果吗？"

导师叹了口气，对我说："在特定的历史背景下，有这种现象也不奇怪。这几个月，因为病毒的扩散速度超出了所有人的意料，甚至比当年的鼠疫、COVID-19还要严重。这就是时代的局限性，只是，当亲身经历这种事情时，感觉还是挺奇怪的。"说着，他拿起一块

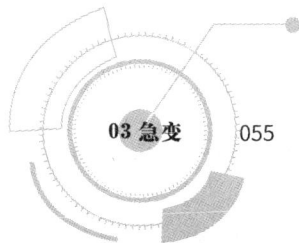

压缩饼干递给许世杰。

当然，"暴露在病毒密度越高的地方，病情恶化得越快"这种话，也就骗骗外面那些人，一般正常人都不会相信；而且，在隔离区内，我们一般也不会时刻穿着防护服，因为这里的环境都是经过消杀的，虽然这些措施对这次的奇怪病毒没用，但至少心理上会踏实很多。

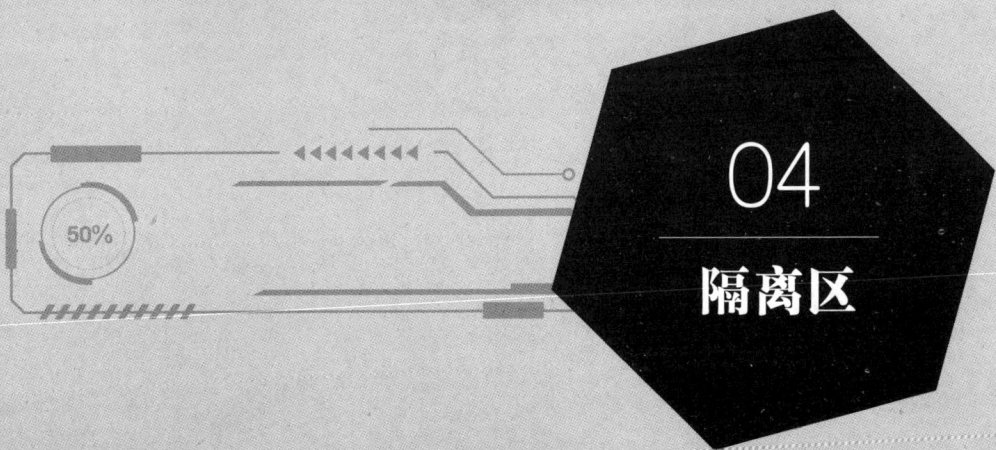

04

50%

隔离区

　　"饭后，我有些沉默，大家却都好像没有受到影响一样，很快就投入到工作中，我却怎么也打不起精神来，像一个漏气的皮球。"程锦云边说边笑，喝了口茶，"如果不是因为觉得自己就这样放弃对不起大家，我当时可能就真的干脆躺在地上不干了。我也问过我导师：'你们不难受吗？为了看不见希望的人，做着看不见希望的事。'导师回答我说：'就算全世界都绝望了，我们也不能绝望。因为我们是医生，我们的本职工作就是要给绝望的人带来希望。你要记住这一点。'"说完，程锦云叹了口气。

周梓龙听完，也有些沉默，过了一会儿才说："那段时间，我记得很乱，到处都出现了暴动、游行、抗议，无政府主义猖獗，就和噩梦一样……我记得那个新闻，津第一综合医院医闹事件，是吗？十几个患者将医生围在隔离区里……我对这个新闻印象很深。"

程锦云点头问道："你多大了？"周梓龙愣了一下，挠挠头，说："我？我今年也刚24岁……怎么了？"

程锦云笑了，说："我刚刚想起来，那段时间，我认识了一个十一二岁的小女孩。"

周梓龙坐正，仔细听着。

程锦云继续说："与她的接触，促成了我们解决问题的契机。"

后来，我们就被围困在隔离区内。进入这个区域的医生都不能带手机。一个世纪前，医生不带手机进入是因为电子设备会影响医疗设备的运行，而现在，更像一种仪式，是为了表达我们对患者的负责。

第二天，江涛查完房回来，气呼呼地脱下防护服，抱怨道："为什么国家不派人来救我们？就这样任由他们堵在门口？"

冯文驹翻了个白眼，说："你看没看过现在网上一些说法？这会儿，无政府主义盛行，政府都自顾不暇了，哪来的心思管你；甚至有小道消息传出，有多名领导人感染了。之前那三个上火星的航天员就是第一批出现症状的。再说了，网友还说我们什么也不干，就是吃白饭的。迫于舆论压力，现在不可能使用武力来解救。"

孙婉莹在旁边默默地摆弄着手上的一双手套。那双手套上有几根线连着电脑，她不时摆弄一下手套，又不时在电脑上输入些什么。

值得庆幸的是，这一带没有断电。依照之前了解的情况来看，全世界都发生了大规模的拉闸限电事件。

有意思的是，我了解到，这几天，"暴露在病毒密度越高的地方，病情恶化得越快"的谣言很快流传开了，

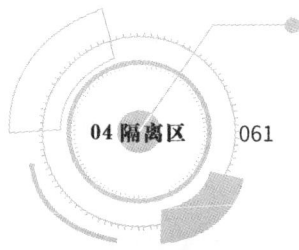

我着实没想到这么离谱的谣言也能被大范围传播。

那时，我们的防护服将要用尽，不得已，每天只能派一名医生去病房给患者做检查并换药，其他人也就闲了下来；而在闲下来的这段时间，会通过聊天来打发时间。

有一次吃午饭时，我们组几个人聚在一块聊天，不知道怎么就聊到我身上。

冯文驹问我："你是想研究 ALS 吧？"

我点点头，说："是的，就是现在还没有什么头绪。我是想从干细胞的方向入手，但是，对我来说，确实太难了。"

冯文驹笑着说："没事儿，我挺看好你的，咱医学的进步又不是只靠一个人，虽然我们这个组就这么几个人，要是在一个世纪前，我们这几个人做的工作要好几十甚至几百人才能完成。等后面你有了团队，工作会更好开展。等这场瘟疫过去后，我会向有关部门推荐你，给你安排安排。孙婉莹之前和我说过，你这孩子以后会前途无量。"说着，他看向门外，不知道在想些什么。

孙婉莹听冯文驹提到自己，便放下手中的手套，看着我们这边说："我和你说，我当年都没被选入科研班，后来还是靠考试考进了国家医药大学普通班。你真的比我当年厉害多了。"我摸了摸头，有些不好意思。这些前辈做出的贡献比我大得多，在我看来，我根本没有资格听到这些赞誉。

我有些局促地说了声"谢谢"。

导师吃着压缩干粮，只是微笑着，没有接话。

许世杰站起来，从我正对面走过来，凑到我旁边，用手拍着我的肩膀，笑着说："这小子，我从刚见你第一面就知道，你肯定行，是吧？年纪轻轻就跟咱几个组到一起了。"

我低头默默吃着东西。许世杰又拍了拍我的肩膀，说："对了，这边的药不够了，你们谁跟我过去看看？"于是，冯文驹跟许世杰去商量药物的事情，我看向隔

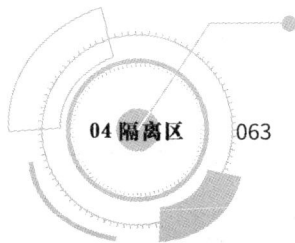

离室，江涛正在那边给患者检查。

接下来就是重点了。

在这期间，我认识了一个小女孩，她叫黄芹仪。

她被送进隔离病房时，整条左腿都已经火成岩化了。她平时总是独自抱着《世界百大未解之谜》看着，不叫也不闹，不管周围的人怎么哭，怎么喊，她都只是安静地看着自己手里的书，仿佛整个世界和她无关似的。

偶尔，我也会问问她现在的情况。她和我说，她和家人约好了，只要她的病好了，就一起去周游世界，看看世界各地的景色。她还和我说，她最想去的地方是大伯利兹蓝洞。我问她会潜水吗，她说，她可以学。

在发生"津第一综合医院医闹事件"时，她的家人正在外面给她买饭，等回来的时候才发现，他们已经进不去了。

第三天，轮到我去给患者换药。

我刚穿好防护服，孙婉莹就递给我一双手套。我抬头看着她，问："这是什么？"

她说："这是监测患者体表病毒浓度的。我之前一直想做个类似的检测器，但是，你知道，因为资金有些窘迫，就一直没能研制成功。你看，这是我刚刚才借助这里的一些设备完成的。你帮我去试试看，把它套到患者的双手上，最好是还没出现火成岩现象的手。因为材料紧缺，这个手套比较小……我觉得，你可以给那个小姑娘试试。"

我听得有些云里雾里，问："这有什么用？"

她眨了眨眼，笑着说："你很快就知道了。"于是，我只能听她的，拿上手套走进病房。

我先来到黄芹仪的病房，将要换的药递给她，并替她戴好手套，例行询问她的状况。之后，我转身准备离开。

就在这时，我忽然被叫住："等一下。"

我回头，问："怎么了？"

黄芹仪看着手套，问我："这是什么？"

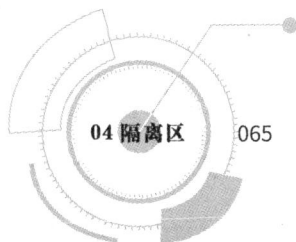

我说:"这是……一双手套,好像可以检测体表的病毒浓度。"

黄芹仪抬头看着我,问:"我以后是不是会变成石像呀?"她的眼睛大而澄澈,就像宝石一样。

我花了些力气,在防护服里蹲下,平视着她说:"我们现在正很努力地帮你治病,一定会尽力让你康复的。"

看着她那双眼睛,我想,谁也不忍心告诉她真相。

黄芹仪摇摇头,说:"不是。我是说,我以后是不是也会变成石像,和外面那些人一样?"她的语气听起来有些急切。

我沉默了一会儿,有些无奈地说:"也许会变成很好看的石像也说不定。"

她又摇摇头,然后说出了那句关键的话——它改变了人类的命运。

"可是,书上的石像一点儿也不好看。"

我一愣,有些迷茫地问:"什么?"

"你看。"她翻开那本一直抱着的《世界百大未解之谜》给我看，上面的标题很快映入我的眼帘——《复活节岛石像之谜》。

在那本书上的图片里，有一排背对着大海的石像，它们正仰望着天空；有一座石像，孤零零地背对着其他石像，独自伫立；还有一个留着胡子，长着短耳的石像跪在地上，眼睛望着海边。

我的大脑里飞快地闪过几个词：淡黄色石像、岩浆岩（也就是火成岩）、未解之谜……

我感觉一股电流瞬间穿过我的全身，接着就是讶异与激动。征得她的同意后，我将书从她手中拿过来，小跑着找到导师："老师，你看这个，是不是和HV1的症状很像？这会不会和这种病毒有关？"

我本以为导师看完之后会笑我异想天开，没想到他的脸色却变得有些怪异，看不出是难过，也谈不上开心，或者说……像是在发呆。

他许久没有说话。我等了一会儿，轻声问："老师，怎么了？"导师这才回过神来，挤出一个笑容，说："没

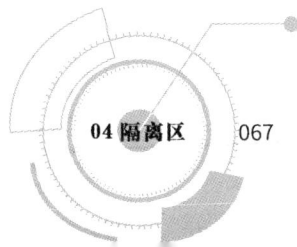

事儿，挺好的。或许这就是解决问题的关键，那之后我们可能需要去一趟复活节岛。"

我还想说什么，就在这时，身后一个声音响起："我找到了！"

我循声望去，见孙婉莹正站在电脑前盯着电脑屏幕，又喊了一遍："我找到了，感染方式。"

冯文驹凑到电脑前，问："找到了什么？感染方式是什么？"

孙婉莹说："是接触传播。我们之前希望通过检查病毒存在的区域得出传播方式，但这根本就是错误的，你们看。"

她边说边让开电脑。我们看到屏幕上有一双手的模型，中间不时有一些红色方块冒出。

孙婉莹说："那些红色的区域就表示有活的病毒。我给这双手套里贴上了很多贴片式小型病毒检测器，通过电脑输入 HV1 的病原体建模并只接收它。你们看，这些红色方块代表其所在区域有更多活的 HV1 病毒。

之前，因为病毒离开体表就失活，所以我们无法提取病毒，也无法获取信息，现在问题解决了。而黄色方块代表失活病毒，这也是我们之前用精度没那么高的设备检测出来的病毒，这只可能是……汗液溢出。"说完，她松了口气，撑着桌子，笑了。

冯文驹看了看孙婉莹，又看了看电脑上那些一会儿出现又一会儿变黄的方块，张了张嘴，却什么都没说。

江涛或许是将冯文驹想说的话说了出来，他说："小型病毒检测器是用来检测一个房间内的病毒存量的……这种使用方法……可是，怎么会有这么多检测器？"

孙婉莹笑着摸了摸头，说："我从中科院过来的时候，顺便把那边的检测器都带上了，我就想着肯定用得上。"

冯文驹看了看孙婉莹，又看了看电脑，还是什么都没说。

"这个发现终于解决了病毒如何传播的问题。病毒

离开体表后，确实很快就会死亡，并不具传染性；但是，如果体液能在1分钟内从一个体表到达另一个体表的话，就能够进行传播。据此，我们很快就发现，这个病毒可以从体表直接进入血液。这个发现离不开这种手套。"程锦云笑着，继续说，"后来，周海涛前辈了解情况后，还因为这双手套上的小型病毒检测器用得太多、成本过高而心疼得差点背过气去，这确实是一笔非常大的投资。"

周梓龙咽了口唾沫，说："这样真的没有问题吗？"

程锦云耸了耸肩，说："特殊时期，特殊手段。当然，很快，这种东西就被淘汰了，因为耗资太大，而且没多大用，而且Y国已有更先进的设备了。"

周梓龙只得打了个哈哈把话题带了过去。

程锦云继续说："再后来，其实也就没什么实质性进展了。"

第四天，我梦见了刘志雪。

她一边盯着我，一边缓步向我走来，将我抱住。当我回抱她的时候，却惊觉她的拥抱让我有些喘不过来。她越抱越紧，我眼睁睁地看着她慢慢石化，直到她全身变成石头。

　　我奋力想挣扎开，这时，那块抱着我的石头说话了："谢谢你！"

　　我惊醒，猛地坐起来，大口喘着粗气。

　　因为这里没有床，每天醒来，都能闻到熟悉的酒精味儿，感受到熟悉的腰疼，还有熟悉的口干。大家这时都还没醒。

　　我揉了揉有些发胀的脑袋，走向存放食物的地方，接了杯水，拿起压缩干粮吃起来。

　　虽然大家都在有意识地节省用水，但饮水机里的水还是在迅速减少，到第四天中午前就已经喝光了。

　　在隔离区内待了4天，大家的话也越来越少。隔离区内的患者基本都变成了石头，黄芹仪的四肢也出现了火成岩现象，如果火成岩现象蔓延到心脏或者大

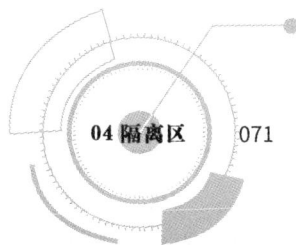

脑处，人就死了。四处弥漫着压抑、绝望的气氛，似乎只需要最后一根稻草就能压垮我们。

很快，那根稻草就来了。

那是冯文驹醒来的时候，他扶着桌子准备起身，却感觉浑身发软，他敏锐地意识到，情况不对。他把手贴上额头，另一个更醒目的标志——僵硬、没任何知觉的淡黄色手指则道出了他不愿面对的事实。

他感染了 HV1。

他猛地站了起来，身边的人也关注到了他的动作，他却只是愣愣地看着自己的手指。过了好一会儿，他才无力地坐在了地上，一直看着自己的手指。

周围的人都愣愣地看着他，包括我。我死死地盯着他，希望自己只是看错了，希望这只是一场梦。这场沉默持续了很久，直到我感到一阵头晕目眩，昏了过去。

不知道为什么，我昏迷后依然会做梦。我梦见自己被人从光明处拽入黑暗中，我挣扎着，身后却传来一个声音："……弄错了。"我又被人一推，回到了光明处。

我是被争执声吵醒的。

"不可能！……"隔离区下方，冯文驹的声音穿过两层隔离板传了进来。

我扶着桌子往下看去，见冯文驹正盘腿坐在隔离室的地板上，已经死亡的患者还躺在隔离室的床上。

孙婉莹站在隔离室门口，有些急切地说："但是，我们现在没有任何证据表明有其他的传播途径，肯定还有什么其他的原因。你冷静一下，文驹，肯定有什么其他原因，你冷静一下文驹。"

冯文驹沉默了一下，说道："就算我们不是一直穿着防护服，也不可能只有我被感染，这根本说不通。我的症状是在睡觉时出现的，如果这种病毒是在人体休息的时候进行复制，那你们今晚也应该出现症状。而且，在面对出现症状的患者时，我们也都一直穿着防护服，怎么可……"

孙婉莹愣住了，说："对，有可能，有可能这种病毒的潜伏期特别长！对，对，你说得对！"她退后两步，

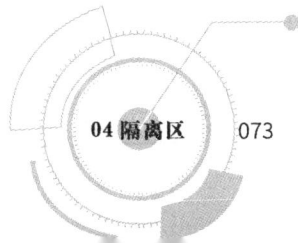

转身想上来，又像有些不放心，回头看了一眼冯文驹。

冯文驹站起来，将那具尸体从床上扶起来，放在一旁的椅子上。他看向孙婉莹，冲她挥了挥手，然后躺在床上不动了。

之后，孙婉莹小跑着上来，气还没喘匀，就有些急切地对大家说："这场瘟疫发生的原因可能找到了！病毒的潜伏期可能特别特别长，这就可以解释为什么我们会感觉这个病毒是在一瞬间感染全世界的。所以，才会在我们没什么防备的情况下，在我们还没弄清楚它的传染方式时，就崩毁了我们整个世界！"

许世杰一拍脑袋，说："对啊！所以，患者被陆续送进来，我们才会产生陆续有人被感染的错觉……但是，为什么去年势头没有这么迅猛？按理说，要暴发，前一年就应该暴发了的。"

江涛在一旁来回踱步，忽然一拍手，说："可能是因为这种病毒的潜伏期比一年都长，应该是两年！每个人的体质不同，导致病毒出现症状的时间也不一样。

一年前出现的那批患者可能只是少数，大多数都到今年才一次性全部暴发开来！要这么算的话，潜伏期起码一年以上。"

江涛怔了一下，转身拿起电脑边那双造价高昂的手套戴上，却因为手套太小而不得不将手指收拢，塞进手套的手掌部分。

他转头对孙婉莹说："把电脑打开。如果真是这样，我们就很危险了。"

孙婉莹会意，连忙打开电脑，让其与手套关联。手部的模型出现在屏幕上，很快，大面积的红色出现在模型的手掌部分——正好是江涛手指塞进去的部分。

所有人就这样盯着电脑屏幕，谁也没说话。

过了一会儿，江涛深吸一口气，将手套摘下，甩到一旁，说："你们也试试吧。"

大家都没有接话。在这沉默中，一个可怕的事实很快在我们心底蔓延开来，那是一个谁也不愿意接受的事实。

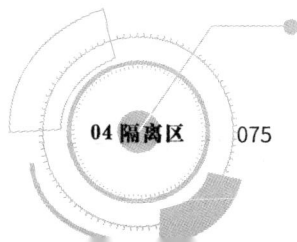

许世杰看着手套，过了一会儿，将手往身后一背，说："我不要！只要不检查，我就是健康的。"说完，他突然笑起来，这笑声显得那么刺耳；但很快，我们也跟着笑了起来。我们就这么一直笑着，笑到冯文驹从床上坐起来，不解地问我们发生了什么，笑到隔离区外的人迷惑地看着我们……我们只是这么笑着，一直笑着……

　　不知笑了多久，我们才停下来。

　　许世杰嘴角依然残留着笑意，他叉着腰，说："没事儿，只要能在我们死掉之前研制出特效药，不就好了？之前，我们在实验室没能从手指上检测出活性病毒，说明我们肯定是最近才感染的。那台电脑能连接进医院的内部网站吧？"

　　孙婉莹点头，说："对，怎么了？"

　　许世杰说："我们先把我们的发现传到医院的内部网站上，可以随便建一个患者的档案，然后把所有的发现打到档案上就好。如果我们在死之前还没有出去，至少我们的成果不能给我们陪葬，就建一个冯文驹的档案吧。"

很快，孙婉莹就建完了，黄瑞江导师在一旁看着，点了点头，却没有说什么。他转头看向门外，口中不知道在嘀咕些什么。

这一天过得很快。当天晚上，大家都有些沉默。我确实太累了，很快就沉入梦乡。睡梦中，我突然听到砰的一声，惊醒过来。门外好像起了骚乱，嘈杂的声音再次从门后传入我的耳朵。

我撑着疲惫的身体看过去，一眼就看到小王的头被一只已经发生火成岩现象的手给抢了一下，他当场倒在地上，不省人事。

门外，两批患者打在了一起。在感染病毒的这段时间里，大家已经琢磨出如何使用火成岩部分去更好地攻击对方。守在门口的那群人因为没有准备，很快就失去了战斗力；另一批人气喘吁吁地在门口看着我们。一个未出现感染症状的人慢慢从人群中走了出来，是马斯克。他放下手中的扳手，看着我们说："好久……不见。"

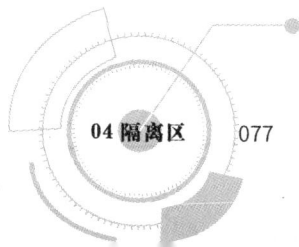

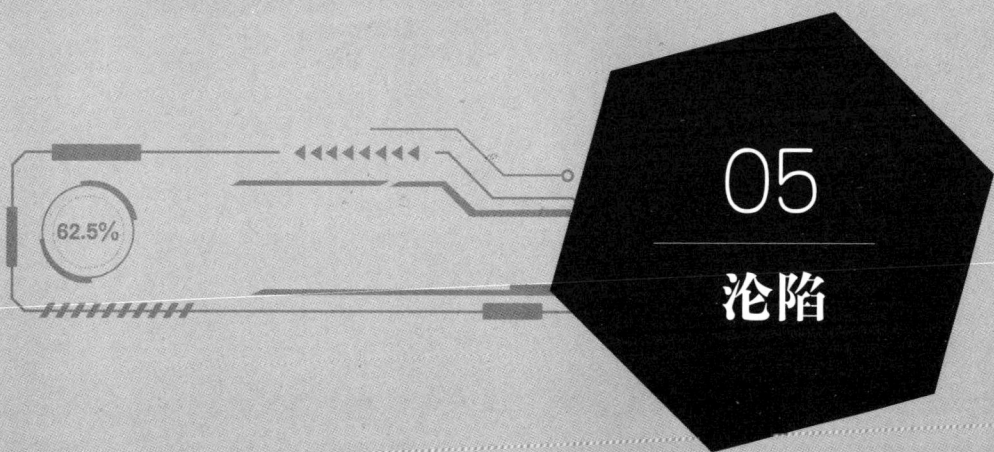

62.5%

05

沦陷

"等一下，马斯克是什么时候出去的？"周梓龙疑惑地问道。

　　程锦云笑着说："我也不知道。据他说，是在我们被封禁的当天。那时他正好去外面取药，回来就发现一群患者已经将我们这里围了起来；然后，他聚集起一批支持我们的患者，带着他们突袭了封禁我们的那批人，成功把我们救了出来。"

　　程锦云继续说："很快，我们就将门打开了。刚打开，就有一男一女两个患者飞奔到 5 号房的窗口，黄芹仪

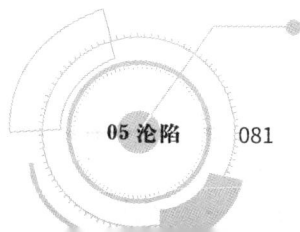

就住在那间隔离室。孙婉莹也连忙小跑下去，向冯文驹分享喜悦，她站在门口犹豫了一下，之后很快毅然打开冯文驹隔离室的门，消毒后走了进去——因为自己已经被感染了，穿不穿防护服就没那么重要了。"

我跟着那两个患者走到病房前。很快，我就认出他们是黄芹仪的父母，在黄芹仪被送过来的时候，他们还没有出现症状。黄芹仪安详地闭着眼睛，火成岩现象已经蔓延到她心脏的部位，里面的心电图也告诉我们，她已经去世了。

黄芹仪的母亲看着女儿，问我："那个机器上的意思是，我的女儿已经去世了？"

我低下头，小声说："对不起，我们尽力了。"

黄芹仪的父亲一直没有说话，只是看着他的女儿，只是那样一直看着。

黄芹仪的母亲像对我也像对自己说："她一直想去看看大伯利兹蓝洞、亚历山大灯塔。本来，我们都约好了，说等她再长大些就过去，等她再长大些就过去……"

她的眼泪缓缓从眼角流下，滴到地上。黄芹仪的父亲从口袋里拿出纸巾递给她，用已经火成岩化的左臂将她搂入怀中。两个人就这样相互依偎着，许久都没说出话来。

过了一会儿，黄芹仪的父亲对我说："谢谢你们照顾她那么久，失陪了。"然后，他们就带着黄芹仪的尸体消失在隔离区外。在社会全面失控的情况下，是否待在医院已经显得不那么重要了。

他们走后，我在下面站了一会儿，低下头向已经逝去的患者表达尊敬与歉意。我没有说话，楼上的嘈杂和下面的安静形成一个鲜明的对比。我不想上去，虽然上面更亮。

就这样，在低头默哀3分钟后，我抬起头默默地走上楼梯，还没走到楼梯尽头，上面的争吵声就传了过来。

"如果我们回去，遇到健康的人，我们就是传染源。

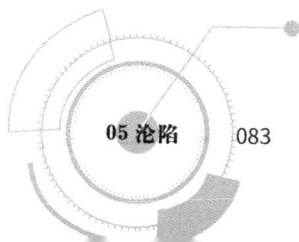

这种情况下，我们应该主动隔离起来才对！"是江涛的声音。

"不对，如果我们被隔离了，现在国内还有哪个医疗队伍对这个病毒的理解比我们更深刻？患者越来越多，我国甚至有可能已经没有健康人了。我们如果再在这里隔离，只会走向万劫不复的地步！"这是许世杰的声音。

我到了上面，他们两方正对峙到尾声。

"你要知道，我们现在全都被感染了，如果走出去，我们就是新的感染源！"

"只要不接触不就好了？！我们已经知道，病毒在离开体表后1分钟内就会死亡，只要我们不接触其他人，病毒失活是非常快的。只要我们不和其他人有任何肢体接触，不就好了？"许世杰摊开手，对江涛说着。江涛叉着腰看着地面，沉默了。

我导师只是在一旁看着，看到我上来之后，走过来问我："怎么样？怎么在下面待了那么久？"我摇摇头，没有说话。

过了一会儿，孙婉莹也走了上来，她眼眶泛红，很明显刚刚哭过一场。

她走到我们旁边，有些沉默。之后，我才知道，她难过是因为冯文驹不想上来，他只想待在那里。我想他大概是太累了吧。

"那现在我们先回中科院报到，之后再考虑其他事情？"许世杰看着江涛问。

江涛看着地板，没有出声。

我们和外面的患者商量了一下，让他们护送我们出门，离开了这里。

等我们走到外面才发现，已经有两辆军车停在路边，从前面那辆军车里下来一个人，正是周海涛。我导师看着周海涛，笑了笑，却什么也没说。

我们准备走上去的时候，江涛突然让我们等一下。

他从孙婉莹手中将手套拿了过来，扔在周海涛脚边，说："等1分钟再把它拿起来，这是检测病毒的。"

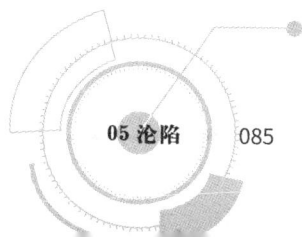

周海涛看了看脚边的手套，又抬头看了看江涛，转身示意车上的人下来。不一会儿，几个全副武装的士兵从上面走下来，围成一个圈，将我们围在里面。

　　孙婉莹将手套和她手机上的蓝牙连接起来。周海涛看着表，1分钟很快就过去了，他将手套捡起来戴上，很快，孙婉莹的手机屏也变红了——又一个感染者。

　　周海涛摘下手套，他没问结果，只是说："现在估计没有健康的人了。上车，我们先回中科院。"

　　之后，我们坐上车，来到一架直升机前。一路上都能看到已经石化的人和一些罪犯在街上打、砸、抢。周海涛坐在最前面的座位上，默默看着窗外。

　　江涛看着周海涛，神色冰冷地问："你在外面待了多久？"

　　周海涛过了一会儿才说："我也刚到这里，还没上去。还有一件事要告诉你们，咱们国家已经崩溃了。"

　　江涛愣了一下，连忙说："什么意思？崩溃了是什么意思？"

"已经没人再管事了。能去政府部门上班的人越来越少，现在只有7个人身上没有火成岩现象。就在1个小时前，主席向全国发布指令，告知所有人不用再上班了，都可以永远休息了。"周海涛看着窗外说，"死了，你明白吗？国家已经死了，全都死了！不只是我们，Y国、E国、R国，它们全死了。现在，只有这些人还愿意跟着我。这是我们最后的火种了，你明白吗？"他顿了顿，继续说，"先回中科院吧。"

他说完这句话后，车里只剩下死一般的寂静。

我抬头看向车外，很多道路都被路障封了起来，不时能看到车辆被撞成残骸，能听到枪响。走在路上的人往往成群结队，两拨人相遇时，往往不是在交换物资，就是打成一团。不过，街上几乎看不到行人，只能看见许多倒在路边的破碎石像。

此时，车停下来，前面是一架直升机。

坐上直升机时，我抬头问周海涛："能给我一部手机吗？"

周海涛看着我，问："怎么了？"

我说："我想和家人通个电话。"

他没说话。

我心中升起不祥的预感，问："怎么了？"

周海涛转身让副驾驶把之前在医院拿的那个黑箱子递给他，然后将它递给我，说："你的手机在里面，你的家人，我之前联系过，他们在两周前都出现了症状，无一幸免。"

我准备去拿箱子的手定在空中，眼睛死死地盯住周海涛。

过了一会儿，我还是接过黑箱子，拿出手机，却什么话也说不出来。

这个世界已经崩溃了。

"要知道，此时这场瘟疫才开始两个月。"程锦云看着茶叶的倒影，说，"两个月就能让世界秩序濒临崩溃，越想到这个就越能感觉到人类的渺小与无力。"

周梓龙没有说话，也不知道该怎么开口。

程锦云抬起头，看着周梓龙说："直到我们回到中科院，周海涛看着西沉的太阳，对我们说：'今天你们先休息，明天中午 12 点去会议室集合。'说完，他就率先走进宿舍楼。我回到自己的房间，躺下。外面的天空渐渐暗淡下去，我想象着达摩克利斯之喷泉划过天穹没入黑夜的样子，就这样沉沉地睡了过去。"

我梦见自己在黑暗里跑着，刘志雪慢慢出现在我眼前，我追着她，却怎么都追不上，距离越来越远，越来越远……很快，我就惊醒了。

闹钟显示，现在是早上 6 点，我却没有一丝困意。暖气已经停了，我试着打开灯，灯也没亮。

我坐起来，发了会儿呆，拿起手机，上面却弹出"你的手机将在 20 秒内关机，请尽快接通电源"字样。

我用最后 20 秒打开通讯录，看着保存在上面的家人的电话号码，只是这样盯着。很快，手机关机，暗

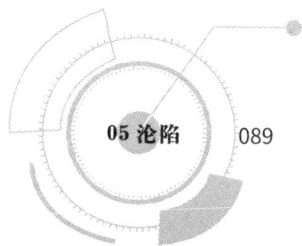

下去的屏幕映出我的脸，看上去不知是麻木还是呆滞。

我穿好衣服，走出大门，天刚蒙蒙亮。我舔了舔干涩的嘴唇，一时间却不知道应该去向何方，只是在中科院里迷茫地逛着。文明的崩溃还没有影响到这一方土地，时间仿佛凝固在了这一刻，宁静悠长的日子，漫无目的的游荡。

我不知不觉就走到喷泉那儿，看着两旁的伟人雕塑，他们像在对视，又像望着远方。

我不禁伫立在他们身后，心想，这些帮助人类文明完成一步步蜕变的人们，如果知道我们的文明在探索中毁灭了自己，不知道会惆怅难过，还是会释然地说："总会有这么一天的。"

"总会有这么一天的。"就在这时，我听到背后传来声响，是我的导师。我回头，看见他拿着两瓶矿泉水，正慢慢向我走来。

"总会有这么一天的。人类文明不可能长盛不衰，总会有消亡的一天。"我没说话，只是看着前方，那是我刚刚踏进中科院时待过的地方。

导师将一瓶矿泉水递给我，我接过却没有拧开。

他看我没有说话，继续说："来陪我走走吗？现在，我也想有人能陪我说会儿话。"我点头。之后，导师转身带我往宿舍楼的后方走去，那里有一座花园。

"面对刚才那些带着我们前进的人们，你会不会觉得有些对不起他们？"导师陪我在花园漫步，开口问道。

我兴致不高，回应说："没有，我只是觉得文明毁在了我们手中，我们却毫无办法。努力了这么多代，我们才有了今天的生活，最后却全部毁于一旦，崩塌得太迅速了。"

导师轻声笑了一下，说："是啊，现在，我连个女朋友都没有，文明就这么毁了，确实挺难受的；但这是文明发展过程中的必然，只是碰巧发生在我们这一代而已……"

我抬头，问道："为什么？"

黄瑞江导师摇摇头，说："人类文明的本质是自私

的，我们从最老的祖宗那里得到的就是弱肉强食、适者生存的基因。我们会为了自己的欲望去囚禁别的生物，去压榨、剥削我们所能利用的一切资源。这种刻在基因里的本能，即使过去几百年甚至几千年，都很难去除。甚至，就连社会和文明的分级，也是按照能榨取的资源来划分的。

"在这种畸形的恶性循环下，这种畸形的社会生物必然会导致这一代人的灭绝。在优越的条件下，贪婪的人类因为自己的短视，不断索取资源，不停内耗，导致丧失了很多迅速发展的机会，再加上现在的信息交流方式十分原始，结局很难避免。你发现没有，近百年来，科技发展渐渐停滞，这是因为已经到了瓶颈期，再不齐心，灭绝只是必然。所以，其实不是文明碰巧在我们这一代毁灭，而是文明本该在这一代毁灭。"

我低下头，又问道："但是……如果不按能索取的资源分级，应该怎么分？"我有些迷茫了。

导师看着远方——远方的太阳徐徐升起——喝了

口水，慢慢开口道："我给你做个假设，假如有一种文明，他们天生就不缺少资源，并能运用意念的方式传递信息，他们会变成什么样？"

"会变得越来越贪婪，最后资源枯竭，导致文明崩塌、行为沉沦（Behavioral sink）？"我思考了一下，想到以前有人做过的老鼠实验，证明在人口过剩的封闭环境里，无论资源多少，人类最后都会陷入毁灭。Behavioral sink 这个词是用来描述一个物种在人口过剩后出现的不正常现象的。

想到这里，我忽然意识到导师说的可能是对的。

在那场老鼠实验的后期，社会地位低或者无交配权的雄性老鼠会聚集在实验场所的中央，并呈现出两个显著的特点：不活跃，精神也有一定程度的异样；有些雄性会突然攻击另一个雄性，被攻击者却不会反抗。

除去这些社会地位低的雄性老鼠，还有同性恋者、自闭者。实验者还描述了一些老鼠的外观：胖，毛皮光滑，看上去很健康并极端活跃、好色者，是泛性恋，

它们无视雄性领袖对自己的威胁，并且部分还有虐杀后代的现象；有些无居住场所的雌性不愿意寻找雄性交配，而是躲在实验场所的某些角落，安静生活。

还出现了有组织的老鼠。它们在进食时，会选择一起进食，且都是一窝蜂挤在同一个地方，无视其他同样能进食、食物更多且无人打扰的地方。随着鼠群外的雄性幼鼠开始成熟，鼠群的领导开始不停地巡查自己的领地，直到自己用尽气力，无力保护自己的雌性。这导致雌性们代替雄性领导巡查，同时还要养育下一代。结果，大部分雌性变得更加有暴力倾向，并且还会发泄到下一代身上。具体的现象包括撕咬自己的幼鼠或在转移栖息地的时候只带走部分幼鼠，留下部分自生自灭。

正当我沉浸在自己的思绪中时，导师却摇摇头说："不是。这种文明中的人类天生就没有贪婪的基因，所以并不会和现在的人类一样，得到的越多，想要的就更多。他们会因为不缺少资源而不贪婪，想要什么，就去拿什么，会有惰性。同时，获取信息的方式变得简单，会让他们变得单纯，也会失去探索欲。

"直到某一天，有人会意识到资源好像并不是花不完的，并将这个问题通过意念传导出去，于是，整个种群开始计算、交流，会优先考虑种群的延续而严格限定社会资源甚至人口数量。如果其中有想独吞、想获得更多者，就会遭到其他人的唾弃与排挤，精神有问题者也一样。就这样，他们的文明会因为交流方式的先进而发展得更加迅速。传授与理解能力使文明飞速发展，飞速发展后，他们会意识到自己的家园只是冰山一角，于是，几百年后，他们的后代出现了对世界拥有好奇心的基因表达，就这样，其文明成为我们定义的高级文明。这就是他们文明的发展历程。"

我这才发现，不知什么时候，我们已经回到喷泉旁。我看向远方的太阳，它已经完全升起，为寒冷的冬季带来阵阵暖意。金光洒在大地上，恍惚间，我仿佛看到喷泉尖锐的一头正熠熠闪光。

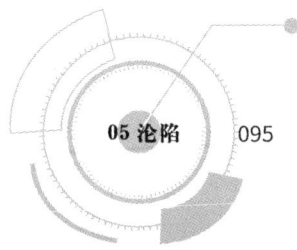

过了一会儿，我收回目光，抿了抿嘴，说："我们该怎么办？"导师看着我，忽然轻笑了一下。我看着他，有些疑惑。

　　他继续说道："没事儿，我们的文明还是有希望的。之后的会议，我会和周海涛说一下关于去复活节岛的事情，那也许是最后一根希望的稻草。"

　　我说出了一直没说出来的顾虑："如果复活节岛上什么也没有，怎么办？其实要说线索，只是复活节岛上的石像和这种病毒导致的火成岩化的成分相同而已。就因为这个去一趟，会不会太草率了？"

　　导师说："哪怕只有一丝希望，我们也不能放弃；就算为了自己身上的细胞，我们也得努力地活下去。而且，我们还有一到两年的时间，这段时间，足够做很多事情了。"

　　我点头，忽然想到了什么，连忙问："不对，为什么冯文驹当时这么快就出现症状了？如果他是在我们到医院之后才感染的，按理说，不会这么快就出现症状才对。"

导师听罢，愣了一下，他眉头锁紧，说："对。按理说，不会这么快就出现症状。病毒有可能因基数过大而发生了变异，是一种变异过的新病毒。当时，我们也没有认真看过他的病毒基因序列。"

我愣愣地盯着导师，问："我们和他感染的病毒是不是一样的？"

导师摇摇头，说："不，至少你不是……不过，我们中间确实可能有人感染了同一亚种的病毒。"

我想起冯文驹在隔离室的情景，连忙说："孙婉莹，孙婉莹和他近距离接触过！如果病毒会在空气中停留1分钟的话，我们就都有危险！"

导师点点头，退后了两步，冲我说："我去通知孙婉莹，别忘了12点开会。"说完，他就离开了。

我也失去了在外面逛的兴致，悻悻地回到宿舍，望着窗外发呆，只记得当时思绪很乱，想了很多事情。

中午12点，我依照约定来到会议室。打开门后，发现里面坐着我的导师、周海涛和马斯克。

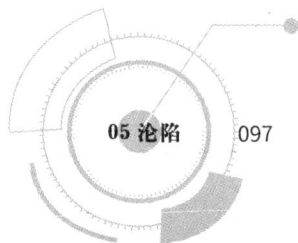

周海涛看了眼手表，说："他们在对孙婉莹进行检查，会议等一会儿再开始。"

我问："这里还有电吗？"

"有一个发电机，现在只能供给一些重要的线路。"

我点点头，找了个位置坐下。过了一会儿，另外三个人也来了，孙婉莹离其他二人的距离比较远，她沉默地找了个远离我们的位置坐下，看着桌子发呆。

"她身上病毒的基因序列已经解析出来了，确实是一种亚种，在体外几乎无法生存，这个亚种离开人体会迅速死亡。也就是说，如果不近距离接触，我们是安全的。"江涛开口说道，"但病情发展得会比之前的 HV1 迅速，可以暂时叫它 HV1-S。她没有感染 HV1。"

周海涛点头说："好，那我讲一下接下来的规划。黄瑞江和我说了一些关于复活节岛的事情，鉴于现在没有其他更好的办法，我会安排一队人去复活节岛，暂定黄瑞江、程锦云、许世杰为 A 组。孙婉莹、江涛、马斯克为 B 组，你们继续留在实验室。我会向外界发送广播，引导人们来这里避难。我们用手套检测器检测来避难的人，隔离感染者和未感染者。昨晚，我联系了Y国的科学家。明天，他们会来中科院，与我们一起商议之后的处理事项。有没有意见？"

会场安静了一会儿，江涛将脸埋进手里，说："可是，现在还能做什么？在实验室环境下，病毒根本无法生存，如果全世界的人类都已经被感染，即使我们研究出疫苗也没用了啊。必须研制出特效药，但是，现在我们连疫苗都做不出来，更别说特效药了。我们还能怎么办呢？"讲到后面，他甚至有了哭腔。

会场再次安静下来，似乎没人能回答这个问题。

忽然，一个声音从另一边传来："可能我也曾感染过HV1，但会不会是HV1-S消灭了HV1？"孙婉莹抬起头，看着对面的周海涛，眼神中带着一种别样的坚定。

"不可能！病毒之间是个体对个体，会相互抢占资源；但不会有排斥反应。你应该知道的。"江涛说道。

孙婉莹摇摇头说："不，还记得文驹说的吗？我们

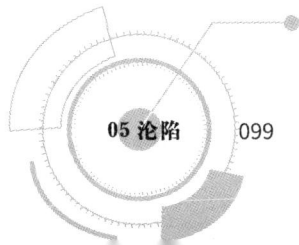

不能把它当作一个简单的病毒来看。我们相处这么久，我都没有感染HV1，却感染了HV1-S，这几乎是不可能的。那么，就有可能是HV1-S杀死了HV1，或者以某种方式侵占了HV1的生存环境。"

许文杰点点头说："有道理，可以。下一个目标是消灭HV1-S。"

江涛看着孙婉莹，说："但这个亚种没办法在实验室环境下生存，就算要做实验，也基本是不可能的事情，我们现在的样本还是太少了。"

孙婉莹说："没事儿，既然无法在常规环境下实验，人体环境还是可以的。HV1能在常规环境下存活1分钟，在我体内进行实验就好了。"

会场又一次安静了。

过了许久，许世杰的表情变得认真起来，他问："你确定吗？"

孙婉莹没说话，默默地点了点头。

江涛看着她，张了张嘴，最终却没有说什么。

周海涛看着他们说完，继续说："明天，我会安排一架直升机在下午两点出发，A组成员下午1点40分在停机坪集合去复活节岛。B组，你们今天就可以开始与剩余人员一起开展研究。有没有异议？"

江涛举起手说："我想让A组再带个人——石清寒，他是地质学家。他如果在场的话，可能会对我们的研究有帮助。"

周海涛看着他，顿了一下，说："他在半个月前出现症状，已经去世了。"

江涛的手僵在了空中，再慢慢放下，说："哦，好，这样……"

周海涛确认没人有其他异议后，巡视会场一周，说："我知道冯同志的病情给你们带来很大的打击，但我们现在已经没有退路了。大家打起精神，这场战斗会很艰难。散会。"

说完，他率先离开会议室。导师也叫上我，离开了。

走出中科院大门，明媚的阳光中夹杂着几声麻雀

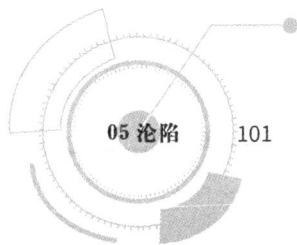

的鸣叫，铜像在阳光下显得格外耀眼。

导师站在台阶上，看着眼前的景色，深吸一口气，对我说："你这次的发现至关重要，好样儿的。"

我问："我不确定这两者之间到底有没有关联……对于复活节岛石像，之前那些历史学家好像也研究了很久，但并没发现和这次瘟疫有关的线索，我们的决定会不会有些仓促？"

导师笑着说："那是HV1还没有出现时研究的，现在再去，会有一些新发现也说不定。现在，就算只有一丝希望，我们也要去争取。这才是我们学医人应秉持的原则。"

我看着远方，远眺至中科院外，点了点头，便不再说话。

第二天下午1点40分，我准时来到停机坪，导师和许世杰已经在那儿了。周海涛给我们每人发了一个耳麦，告诉我们上面有一个扫描设备，只要按下耳麦上的一个按钮，耳麦就能自动扫描我们眼前的事物，上传至卫星，并调取资料库里的信息，给我们发送过来，传到耳麦里，再进行解读。

发完，周海涛冲我们挥了挥手，目送我们走上直升机。

出发之后，我问导师为什么周海涛能聚集起这么多人和资源。导师笑了笑，说："他的管理能力一直挺厉害的，就因为这一点，很多人都愿意跟着他干。虽然国家崩溃了，但作为领导者，他能直接将营地设置在中科院，没点能力是做不到的。"

后来，只有许世杰一直在和我说周海涛看到检测手套时脸色有多难看，其他一路无话。

复活节岛时间上午10点，我们到达目的地。在直升机上，就能隐约看到海岸上分布着一排石像。

我按下耳麦的按钮，扫了一下那些石像，耳麦里很快就传来了解读，并告诉我，这段资料来源于某搜索引擎。

"复活节岛石像雕刻于公元600年到1680年之间，要揭开这些神秘的、环绕整座岛屿的石像的秘密，很

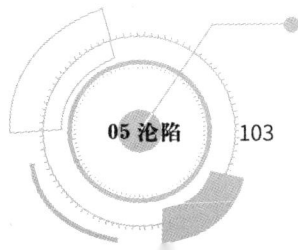

困难。这段历史虽有文字记载，但仍没人能解读其中含义。不过，从被推倒、摧毁的石像遗迹中，考古学家解开了这些巨石像的秘密。

"在文明全盛时期，复活节岛巨石像一度有800多座，但现在仅剩150多座。而这些石像的消失，是拉帕努伊人对信仰坚定、执迷和走火入魔的体现。

"当时的复活节岛被一座浓密的棕榈林覆盖着，岛上有3座死火山，火山岩质地软、重量轻，易于搬动、雕刻，拉帕努伊人认为岩石是他们神圣信仰永恒不灭的象征，因此在几百年间，用火山岩雕成800多座巨石像。"

许世杰看着复活节岛，说："70年前，这座岛上的土著就渐渐离开这里，走向世界，在老一辈去世之后，这座岛就被废弃了。还有一个特别有意思的事，从太空俯瞰，复活节岛就在太平洋中央，和人的肚脐似的。据说，它有一个从很早以前就流传下来的名字，叫'特皮托·库拉'，翻译成中文就是'世界的肚脐'的意思。

这个名字是从还没有航空技术时就流传下来的，谁也不知道当年他们为什么能比喻得这么形象，因为那时他们还没有办法看到自己岛的全貌。"

导师看着许世杰，问："你以前研究过复活节岛？"

许世杰笑着拍了一下我导师的肩膀，说："我在出发之前看了一些资料。复活节岛上还有一种木板叫格朗格朗板，被称为'会说话的木板'。现在，全世界仅存16个，其他的要么被欧洲的入侵者毁坏，要么就是在运载中流失了。1956年，以图尔·海尔达为首的N国、Y国考察团来到复活节岛，得知这里有一本书。这是一名叫艾斯吉班的男子的祖父编写的，里面收集了复活节岛的所有文字符号，并用拉丁语做了注释。但艾斯吉班不让图尔细阅。后来，这本书就再也没人见到了。

"1915年，英国人凯特琳率考古队登岛。听说岛上有位老人懂'朗戈朗戈'文，她立即前往拜访。老人名叫托棉尼卡，已重病垂危。他不仅能读懂木板文，而且还能书写，并写了一页文字交给造访者，符号果真与木板上的一模一样。但老人至死不肯说出其含义。

"在托棉尼卡老人死后40年，智利学者霍赫·西利瓦在老人的孩子彼得罗·帕杰家见到了一本老人传下来的'朗戈朗戈'文字典。霍赫征得对方同意后，给那页文字拍了照，但后来胶卷和那页纸都莫名其妙不知去向。奇怪的是，凯特琳也只来得及发表了自己的日记，之后便突然死去。

"考察得到的材料未能发表便不翼而飞。唯一一页手写文字符号能传到今天，纯属偶然。托棉尼卡老人临死前写的到底是什么，至今仍是个谜。之后，有个叫易琳娜的人研究复活节岛长达30年，最后得出'朗戈朗戈'符号实际上是一种图画文字的结论。她利用波利尼西亚语知识做了深入研究，得出结果后，又把结果放到另外的木板文中去验证。慢慢地，她编出一本字典，利用它，可以阅读任何一块木板文。其中有一块被伊琳娜译为'收甘薯拿薯堆拿甘薯甘薯首领甘蔗首领砍白甘薯红甘薯薯块首领收……'"

他得意扬扬地昂起头说着。

我回过头问："那到了这座岛上之后，我们应该研究什么？去找里面的微生物、细菌还是古病菌？"

导师将直升机舱门打开，清新的空气迎面扑来。他看着我，说："走吧，总能找到一些线索的。"说着，便走了下去。

我跟着走下去，踏上沙滩。

直升机半悬停在沙滩上。海风吹拂在脸上，感觉格外凉爽。10月的复活节岛并不热，岛上空无一人，安静，祥和。

直升机驾驶员许天文利用多维控制器将我们日常需要的物资吊了下来，里面有摄录机、食物、水、帐篷和许多医用设备，还有一辆卡车。对，多维控制器就是那个可以同时操控多台直升机的机器，在那个年代，还是稀罕玩意儿。

沙滩的后面就是在草丛中伫立的复活节岛石像，我们面前是整个岛屿唯一一排面朝大海的石像。许世杰

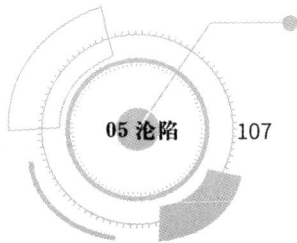

走上前，伸手拍了拍其中的一座，抬头看着它们说："这些复活节岛石像被称为摩艾。我记得好像有一座石像叫'图库图利'，是岛上唯一一座跪着的石像，是吧？我们或许可以从那里开始找起。"

我的导师摩挲着下巴，说："那我们就先从那里开始吧。"

我有些疑惑地问："我们去那边看石像？"

导师点头说："没错，我们多走走转转，要是实在找不到线索，就当来旅游的，放松一下心情。"说着，他便率先走向卡车。我和许世杰拿着一些探测工具，跟着他一起走了上去。

导师上车，说了句："科里科里，去'图库图利'石像处。"车子回应了一声，很快便出发了。

很快，便来到图库图利所在的位置，许世杰绕着石像转了一圈，用耳麦扫了一下石像，摇了摇头，似乎对发现的结果不是很满意。

导师取了一些石像上的微生物观察，没找到什么有用的东西，后来又多方观察，结果一样不尽如人意。

这一天就这样很快过去了。傍晚，我们吃完晚餐，搭好帐篷，缩进里面。导师对着摄录机记录当天的观察。

许世杰吐了下舌头，对我说："医学，刻苦钻研，孜孜不倦，精益求精，全面发展……没想到，现在却在这里迷信这几块破石头。"

随着夜晚的到来，复活节岛的气氛变得与白天时截然不同，被灯光照着的巨石像——摩艾显得格外狰狞与阴森。

程锦云说到这里，顿了一下，喝了口水。

"然后呢？然后怎么样了？"周梓龙似乎完全沉浸在了故事里。

程锦云笑了笑，说："然后当然就是睡觉了呀。当天晚上，我很快就睡着了，不过睡到半夜就被渴醒了。"

我醒来的时候，翻了个身，准备继续睡，却发现身

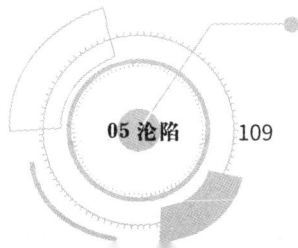

边好像少了个人——许世杰不见了。

我猛地坐起来，看到导师在睡袋里睡得正酣。

我盯着许世杰的睡袋看了一会儿，又看了眼正在另一边酣睡的导师，起身走出帐篷，看到许世杰正坐在外面，向天空看着。

我走到他旁边坐下，问："怎么不去睡觉？"

许世杰笑着摇摇头，继续看着天上，说："我从小就很喜欢看星星，每次看着它们的时候都觉得，我对于这个世界而言，又算得上什么呢？"

岛上只有风吹过树叶的沙沙声，他的声音很轻，似乎不愿意打搅这份宁静。我抬头望着星空，那是见到第一眼就能迷上的东西——远离现代工业的喧嚣，远离地面上的万家灯火，剩下的就是繁星点缀的夜空。

我没说话，只是抬头看着天，想到刘志雪，想到亲人。我抱住自己的双腿，蜷成一团。

许世杰忽然说话了："这么晚了，你怎么还不睡？"

我一边调整自己的思绪，一边笑着回应："我已经睡醒了。"

许世杰说："我记得你说过，你之前有个朋友因为ALS去世了，现在走出来了吗？"我摇摇头，没说话。

许世杰看着星星，继续说："我做医生的初衷就是想让大家少一些别离，能够尽自己一份力；但是，我越努力就越感觉，这个世界真的太大了，人类的力量真的太渺小、太渺小，我真的很无能。"

我这才注意到，他和我一样，也抱住了自己的双腿。

他继续说："世界总在不断暴发恶性疾病。我们就算能制止这一次，但然后呢？我们依然没办法解决癌症、艾滋病，万一后面出现什么HV2、HV3呢，我们又能做些什么？"

我有些手足无措，只能说："别这样，别这样。你要这样想，我更不知道该怎么办了。我学医就是想解决ALS，既然有目标，我们就不能放弃呀。你要知道，就算全世界都绝望了，我们也不能绝望。我们的工作本来就是给绝望的人带来希望的。"说着，我拍了拍他

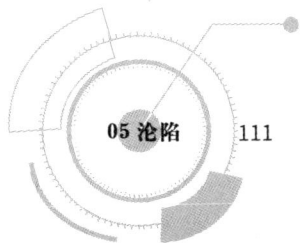

的背，考虑有没有必要给他一个拥抱。

许世杰看着我，突然扑哧一声笑了："没事儿，我过一会儿就好了，至少我们先把这个HV1给解决了。"我点头，没有再说话。

我抬起头来，看着远方的繁星。繁星或许不能照亮我们前进的道路，但是，至少能在黑夜里给我们些许前进的亮光。

就在这时，许世杰忽然问："你看，那里是不是有一颗星星？"

我有些疑惑地问："啊？"

许世杰伸手向前指着："那里，是什么？"

我看过去，远处的拉布拉库火山的半山腰上，闪着一团和鱼眼睛一样诡异的光。

我摇摇头说："我不知道。"

许世杰起身，说："走走走，我们去看看。"

我问："要不要把我导师叫上？"

许世杰搓了搓手，说："没事儿，等我们回来之后再叫他也不迟。来吧，我们走。"说着，他就跑向卡车。我连忙跟上去，坐在座位上。

确认我们的勘探工具都在后，我们启动了车子。

"科里科里，去拉布拉拉库火山。"

车子机械地回应了一声："现在，前往拉布拉拉库火山。"随即便开动了。

很快，我们就到了火山口的下面。亮光似乎并没有因为距离变近而变得更亮，而是保持着恒定的亮度。

一下车，许世杰就朝那边走过去。我看了眼车上的物件，又看了眼许世杰，想拿上点什么，又想着多一事不如少一事，便一起走过去了。

很快，我们就找到了那个发光的东西，它的光芒也在渐渐消散。我们终于看清了，原来是一块木板。

我愣住了。许世杰走过去，将它拿起来，忽然浑身像触电一样绷直，然后再舒展开来。由于是半夜，我没法看清许世杰的表情，不过，我想他脸上应该是十分难以置信的表情，因为那是我们第一次进行第四类

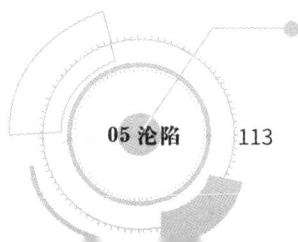

接触。

程锦云边说边看着周梓龙，入了神。

周梓龙被盯得浑身不自在，问："之后呢？"

程锦云笑了笑，说："你知道吗？你长得很像我认识的一位故人。"

周梓龙愣了一下，笑着说："应该是会士您看错了吧。世界上有挺多长得相像的人，您认识这么多人，觉得我像某人，也挺正常的。"

程锦云听罢，也笑着说："确实，世界上相似的人还是挺多的，关于这个，我后面还有一个很有意思的事情要告诉你。不过，你先等我把这个故事讲完吧。"

"没事儿，会士，您慢慢讲。"周梓龙回应道。

程锦云说："后来，我们就回到营地了。"

许世杰大开着车灯，脸上笑开了花。我灰头土脸地坐在一边，虽然脸上也是笑着，但大半夜的被这么刺激一下，确实还挺刺激。

很快，我们就回到了帐篷处，许世杰冲着里面大声喊道："黄瑞江！快出来，看看我们发现了什么！"

帐篷里的灯亮了起来，导师嘟嘟囔囔地走出来，嘴里念叨着："怎么又是半夜，能不能让人睡个好觉？"

许世杰笑着将手上的木板递过去，说："格朗格朗板！这是线索！是线索！"

导师撇了撇嘴，走过去接过那块木板，刚接过去就和许世杰一样，像受到某种冲击，定在了原地。

我下车，拍了拍身上的灰，从帐篷里的箱子里找出两瓶水，一瓶递给许世杰。许世杰接过水，咕咚咕咚地灌着。

他缓了一会儿，说："我们刚刚在外面看星星，看到天边一闪一闪地亮着，在那个……什么拉诺拉拉库火山？"

"拉布拉拉库。"我纠正他。

"啊对，拉布拉拉库火山。我就寻思，这指不定是

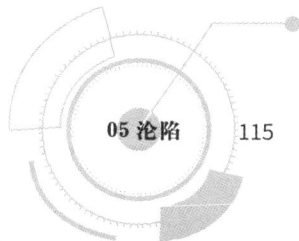

一颗流星呢，就赶紧叫上程锦云一起过去了。我们到了地方才发现，这玩意儿居然是一块木板！神奇吧？"许世杰看着我，笑着，笑得那么猖狂，那么肆意，就和下一秒就要一口气提不上来一样。

许世杰又咕咚咕咚灌了瓶水，继续说："然后，我就给它拿起来，就在我拿起来的一瞬间，脑海里出现了一个我根本听不懂的声音。慢慢地、慢慢地，这声音就变成中文，它开头说的是……"

"你好，我从遥远的外星系而来，希望能帮助你们渡过这次难关。"导师像是在自言自语，接上了许世杰的话。

许世杰看着我导师，"嗯嗯"点了两下头。导师没说话，只是一直愣愣地看着前方。

忽然，那块木板发出了声音："对，我可以外放声音，你……好，我明白了。"

许世杰将最后一口水喝完，看着我导师手上的木板，对木板说："你把对我说的话都跟他们说一遍吧。"

"好的，先生。你好，我从遥远的外星系而来，希望能帮助你们渡过这次难关。我们原本是来太阳系旅游的，来参观一下还未进入星际时代的种族和他们的星系。我们在火星玩了一年后来到地球。又玩了一年后，我们忽然发现我们身上出现了XXX（未知语言）——用你们的话讲，叫'出现了火成岩现象'。我们随身带的基因医生告诉我们，这是未知病症；但很快，全船人都出现了这种症状，基因解析还没有完成，便什么都结束了……

　　"对，都死了，变成了石像……

　　"我们这次属于私人出行。在你们的定义中，我们应该算富豪。我们过来之前，没有对太阳系做很深入的研究。我们是第一次来太阳系，这块地方还处于未开发状态……

　　"我们那个星球离你们这儿很远，你们还没有探索到那里……我的系统告诉我，我还不能透露更多……

　　"依照我们的文化，我们原则上不干涉低等种族文

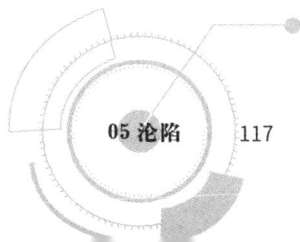

明进程，但也不能对他们的灭亡坐视不管……

"我们确实比你们要友善。我们传承知识、分享资料都是通过直接对接，以接触的方式交流。我们很团结，发展得也比你们要迅速……

"我们在传承时需要信任，平时不会伤害对方。这对我们种族是有利的……对，我们用相互接触的方式传递、传承知识，用身上的一个器官……

"我们的食物是紫外线，并不需要捕猎、种植，我们没有彼此伤害的基因，我们的星系和你们的星系很像……对，我们确实没有解决这种病毒；但是，我们有解决病毒的方法。它们和我们遇到的许许多多的行星病相似，只是更复杂了些。

"我没有在你们的脑海里找到能形容它们的词语，我们称它们为XXXX（未知语言），用你们的话讲，它们像一种凭借条件存活的机器，不属于你们所说的有机物或者无机物。它们一开始并不是生物病毒。一开始，它们可以附着在水上、石头上和各种各样的无机物上；遇到有机物后，它们又附着在有机物上，并变成可以且只可以感染该种有机物的状态，直到该有机物灭亡……

"对，这种类型的病毒在宇宙中到处都是，我目前尚不明确该病毒的来源……

"这里所有的石像都是我们的尸体，相对于地球人来讲，可能我们一家的人口比较多……旁边那位男士似乎有点吵，是否需要我……"

"说到这里就好，差不多了。"我搓着手说。

"你是被木板吓到了，还不好意思说，是不是？"许世杰边说边笑着拍了一下我的背。

"所以，我们将我们的知识传输到木板里，请问，你们谁愿意站出来接受这些知识？"

"先等一下，你准备怎么给我们传输这些知识？你是个机器吗？"我问道。

"在你们的文化里，我应该算是机器，但是更加复杂。为了防止你们在未发展至星际航行阶段时发现我

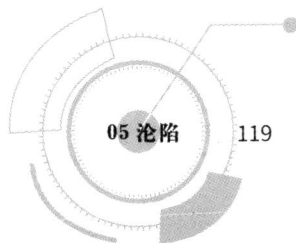

们，我们就把我们的意识伪装成了木板，只在察觉到你们出现这种症状时才发出光亮，吸引你们靠近。"

这时，这块木板发出微亮的光，似乎是为了告诉我们，他发不发光自己可以做主。他继续说："我身上会长出一根刺，刺里会涌出XXXX（未知语言）与你们人类完成短暂对接，并将知识传输进你们的大脑里。你们能很快得知并领会这种技术，但这会对你们的身体造成非常大的伤害，接受的人大概活不过3天。请慎重选择人选。"

"喂，你不能直接告诉我们吗？"许世杰问那块木板。

"你们人类短时间内还没有办法理解这种技术。用直接对接大脑的方式，可以让你们快速理解。按你们人类的发展速度，要想掌握这项技术，预计还需要两千年。"

"这有些瞧不起人了。"许世杰撇了撇嘴。

"你们汲取知识的能力没有我们直接，并且喜欢在无谓的内乱中消耗资源，两千年是保守估计。"木板说。

"他说得对。如果我们不联合起来的话，我们甚至永远也没法依靠自己的思维领会他想传授给我们的知识。"我导师瞥了一眼许世杰,看着木板,脸色有些凝重,谁也不知道他在想什么。

"你们谁愿意接受知识？"木板又问了一遍,问出了我们想逃避的问题。

沉默,不过,很快就被打破了。

我深吸了一口气,站起来,说:"让我来吧。"

说实话,我当时想的也不是什么家国大义,我只是想,就算死了,我在另一边也有朋友陪着。

"别,这种时候哪有让后辈出风头的。你一边歇着去,让我来选吧。"木板冲我笑了笑,站起来向我导师伸出了手。

导师看了看他,又看了看我,眼神悲伤却坚定。

当我意识到他想做什么的时候,已经晚了。

....

在进行知识交接时,导师突然吐出一口血,跪在地上,手却紧紧地抓住木板,瞪大眼睛,青筋暴起,甚

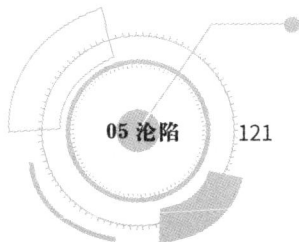

至低吼了一声。

这时候，我才想起来，这块木板是能用意念交流的。

整个过程很快，不一会儿，导师就瘫软在地上。

我连忙跑过去，扶起他。

木板顺着他的手跌落在地上，导师已经昏了过去。

许世杰见状，愣了一下，连忙说："你赶紧给他做个检查。"

随后，他走过去，拿起木板，问："这样就行了吗？"

"对，这样就没问题了。让我惊讶的是，你们人类竟然发展到这种程度了……竟然这么快就能理解这些内容。"

检测机器中途似乎断了一下，但当时我们也没注意到，注意力都集中在我导师的身上了。

"血压值，收缩压 139—154mmHg，舒张压 90—96mmHg，体温 42℃。"我看着手上平板电脑的数据，皱着眉说。

"氢氯噻嗪和对乙酰氨基酚有没有？他没有过敏史吧？"许世杰问。

我找出导师的资料，边看边说："没有，我现在去准备注射。"

"等一下，你们现在还不能给他退烧。现在，他正在接受我传递给他的知识，如果你们现在给他退烧，他对知识的记忆就会减少。"木板又说话了。

"那我们难道就在这儿等着他死吗？"我当时确实有些急了，拿着注射器，看着那块木板说。

现在，许世杰拿起了木板。

木板说："你完全不必担心，我事先已经检查过他的体质。这些知识，他是可以接受的。等把这些知识完全接受后，他的体温就会自行下降。"

我把注射器放在托盘上，往旁边的椅子上一坐，便不再说话了。

许世杰看着木板问道："兄弟，你在我们的世界里，应该是叫格朗格朗板吧？"

"没错。本来我们制造了很多格朗格朗板，将我们的意识放进里面，并分发给当地的土著，还告诉他们

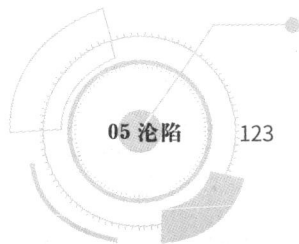

要保管好，做好伪装且不能泄密。后来，复活节岛被入侵，我们被消灭了许多；所以，我的兄弟姐妹们大部分都不想再帮助你们这个种族了。"

许世杰摩挲着下巴，说："真是一个令人悲伤的故事，那些侵略者真是该死。不过，你们是怎么把意识放进木板里的？"

"这件事会影响你们的文明进程，不予回答。"

"你都帮到这个份上了，还怕影响我们的文明进程？"许世杰问。

"对。这件事虽然会间接导致你们加快进入星际时代，而且，你们会出现一段黑暗时光，即科技发展到了星际时代，但文明没有。这会让你们的社会出现很大的问题。不过，至少你们能活下来，能留下火种，并把发生的一切告诉我们的母星。"木板回答道。

"你这未免也太笃定了吧。"许世杰说，"也太不信任人类了。"

"不，这些都是我能看见的事实。"木板回答道。

"虽然我们人类喜欢战争，喜欢逃避，喜欢内讧，喜欢各种各样的歧视，并膨胀出永无止境的贪欲；但是，我们也有善良美好的一面嘛。比如，如果社会上真的出现了很大的问题，我们也会联合起来；遇到十分重大的事情时，我们也会勇敢面对它。为了延续文明，我们也会抛弃成见，奋斗不息，不是吗？"许世杰撇着嘴说。

"你们人类最在意的事情就是活着，你说的这些无非都是为了活着。如果你们能够活下来，你们还是会喜欢战争，喜欢逃避，喜欢内讧，喜欢各种各样的歧视，并膨胀出永无止境的贪欲。"木板回答道。

他的声音从始至终都没有情绪流露出来，也可能我们听不出他的情绪。

许世杰沉默了一会儿，小声说："也不是嘛，至少我们几个不是。"

"你们只是个例。根据我的了解，在你们的文化中，充斥着内耗与仇恨——有人会把生化废水扔进海洋，

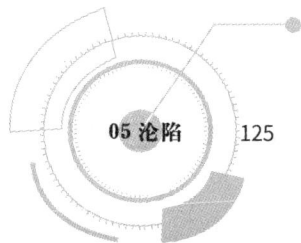

只因为他们这一代不会受到很大影响；你们发现了新大陆，首先想到的却是掠夺与破坏，甚至你们的感恩节都是……"

"行了，行了，知道了，你别说了。"许世杰摇着头，苦笑着把木板扔到一边，深吸一口气，靠在椅背上。

我转头问木板："既然你可以直接说话，为什么还要用发光的方式吸引我们靠近？"

木板却只是静静地躺在那里，然后发出一闪一闪的白光。

许世杰看着木板说："大概需要我们拿起他，他才能和我们对话。"

过了一会儿，一个沙哑的声音从床上传了过来："现在地球时是什么时候？"

我看过去，见导师不知道什么时候已经醒了。他坐在那里，愣愣地看着前方。

"现在是西6区复活节岛时间早上8点，你感觉怎样？身体有没有什么不舒服？"许世杰走过去，看向平板电脑。导师的烧已经退了，身体各项指标虽然偏低，但也属于正常的范围。

"给我一杯水。"导师的声音很虚。

我把水递过去。喝完后，他咳嗽了两声，看着许世杰，说："你们和周海涛联系了没有？我们得赶紧回去……我的身体撑不了多久。"

许世杰连忙拿起电话，一边拨号一边说："刚刚哪儿还来得及打电话嘛。等一下，等一下，我现在就联络。程锦云，你照顾一下你导师。"

下午两点，军用直升机到达复活节岛。直升机还没完全停稳，周海涛就跳到地上，小跑着跑到导师床前。

导师抬头看去，和周海涛四目相对。他笑着，用虚弱的声音说："我完成任务了。"

周海涛握紧了拳，吸了口气，说："你完成任务了，同志。"说完，他悄悄地、不经意地将无名指和食指在左胸前放了一会儿，很快又放下了。

随后，我们坐上直升机，飞离复活节岛。

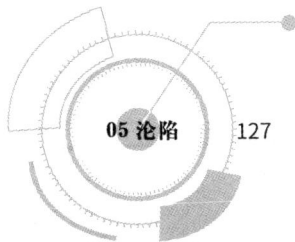

直升机内空间很大，之前准备的许多物资都还没用上，这次考察就结束了，所以就由另外两架直升机拉了回去。

我们在直升机的座位上坐着，导师的床就在中间本来堆放货物的地方。

"联合会议谈得怎样了？"黄瑞江导师问。

周海涛说："进展很顺利，能感觉到，大家都有合作意向。现在全世界停摆，必须重新振作起来，我们现在非常需要一股中坚力量来帮助我们重新建立社会秩序。这个后续还要谈。"

导师听罢，便安心地合上了双眼，当然，他只是在休息。

之后一段路，大家都没有说话，可能各自都有各自的心事。直升机的隔音效果很好，基本听不到扇叶声，听到的只有彼此的呼吸声。

直到被一声"噗哧"打破，许世杰轻笑了一声，然后很快捂住了自己的嘴。

周海涛看过去，说："你们发现格朗格朗板是外星产物？"

许世杰看着周海涛，看了一会儿，无奈地从口袋里将格朗格朗板拿出来，递给周海涛，说："他们种族特别有意思，你一定要听听他讲的。你能想象只有一种性别的高等生物吗？种族的繁衍靠的居然是他们传输思维的器官！这是一种和地球生态完全不同的物种，却长着和地球人很相似的大头。孕育这种生命的，有可能是和地球上完全不同的原生菌，这实在是……"

周海涛拿过格朗格朗板，说："你居然想到了这些。"

就在这时，格朗格朗板发出了声音："我的使命也已经完成，我应该离开了。"

许世杰连忙问："不能再多待一会儿吗？你难道仅仅是个推动我们文明进程的工具？"

"我如果再待下去，很快，你们就会拿我做很多实验并向我提问，很可能会对你们的文明进程产生极大的干扰。我也希望你们不要向外传播我存在的消息。

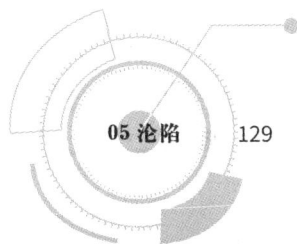

我会变成一块普通的木板。迟早有一天，我们两个文明会碰面。等那个时候，请把我交给他们。谢谢你们！我也活得够久了。"说完，他便没了声响。

周海涛把他拿在手里，摇了摇，什么也没发生。

许世杰抿了抿嘴，说："行吧。对了，周领导，你有没有和其他人说过木板的事情？"

"没有。"周海涛只回了两个字，接着把木板揣进了口袋里。

75%

06

再入瓶颈

“到这里，复活节岛的事情就算告一段落了。”程锦云靠在沙发上，看向周梓龙，“这个故事会不会有些无聊？”

“不会，不会。您接着说，没事儿；但是，这些东西……真的能说给我听吗？”周梓龙摆摆手，说道。

程锦云又抿了口茶，说：“因为很久没人来过我这里了，我要么是去搞研究，要么是在准备研究的路上，很少会这么闲；而且，我相信你，一个刚入行的记者肯定还有着无限的柔情和热忱。有些东西你不会说出去的，对吧？"

周梓龙看着程锦云，坚定地说："不会说出去的，程会士，您放心。既然您这么信任我，我一定不会说出去的。"

程锦云看着他，笑了笑，继续说："你想听听联合会议的事情吗？我这边有一些消息，应该是你们记者感兴趣的。这次大会因为这场瘟疫的缘故，没有留下影像记录。毕竟，没有人会在这种时候因闲得无聊而对这种对话进行拍摄。"

联合会议，顾名思义，其目的是让幸存者尽可能地联合在一起；不过，当时也没人想给它命名。毕竟，那时，谁会想着去命名一场可能无关紧要的会议？

这场会议在中科院本部举行，我们的参会代表是周海涛。每个从Y国风尘仆仆赶来的人在进场时都经由手套检测器检测，无一例外，他们已全员感染。

周海涛戴好随身携带的翻译器，坐到主座上。Y国代表约翰·威尔森率先起身致意。周海涛回礼后，环视会场一周，说："各位想必也了解现在的形势，我也不多说了。既然这次瘟疫威胁到了全世界，那就是我们共同的敌人；如果想要对抗这场瘟疫，想让人类文明得以延续，我们这些科学工作者就必须联合起来，共同抗敌。所以，我在这里建议，所有国家都要将所有的资源、资料共享。我想，你们也知道，在这生死存亡之际，合作才是唯一的出路；如果只局限在自己国家故步自封的话，是不会有出路的。"

约翰·威尔森听罢，点点头："我也认为应该这样，先生。我们国家崩溃后，财团拿着他们的物资跑路了，我们也没有足够的资源去支撑疫苗和特效药的开发。我们可以提供我们所掌握的所有信息；但相应地，你要保证我们能生存下去。"

周海涛点头："没问题。如果你们愿意过来的话，中科院可以成为你们的庇护所，这里的资源配置是目前所能做到的最高配置。之后，需要你们去医疗区进

行检测，以明确你们感染的病毒是原病毒还是亚种。在这种情况下，还希望能多多体谅。"

刚说完这句话，跟在威尔森后面的一个年轻人就问道："为什么？我们明明在自己的国家已经完成了检测，为什么还需要你们来给我们进行一次检测？"

威尔森微微皱了下眉，对周海涛说："没问题，我们完全同意你们的提议。在现在这种情况下，谨慎是没错的。"说着，他下意识地将身体侧过来，挡在周海涛和刚才质问的年轻人中间。

年轻人冷哼了一声，抱起胳膊，往椅背上一靠，便不再说话。

周海涛看了他一眼，又回头看着威尔森："没问题。后续，我会让我们这边的研究员和你们通报这里的形势，也好让你们心里有个底。现在，请先将这份协议签了吧。"说完，他让身边的助理将准备好的协议文本递给威尔森。

威尔森接过协议，有些疑惑地问："可以是可以；但是，现在签这种协议还有用吗？"

周海涛笑着说："当然没用；但是，有个协议，很多东西能清晰很多，遵守起来也会很方便。"

威尔森听罢，便也没再说什么，仔细看过协议，确认没有疏漏后便签署好了。

后面那位年轻人又忍不住了，说："喂，你们等一下，这个协议里不会有什么陷阱吧？你们L国人不是一向以狡诈出名？"

"安德鲁，不得无礼！"威尔森回头低吼一声。

安德鲁闭嘴，抱着双臂，想必是在赌气。

"我们本来划分了感染区和未感染区；但是，进来避难的民众已全部被感染，不得已，我们只能将他们全部放进了感染区，未感染区便空下来了。经过检测，你们感染的也全是HV1原病毒，不是亚种。目前已知的亚种只有HV1-S，这种病毒不易发生变异，而且，已经确认HV1-S可以杀死HV1。我们这边目前的研究方向是想利用HV1-S去大范围消灭HV1。"江涛这么说着，

将他们的检查报告递给威尔森。

威尔森接过报告，问道："你们那个手套是小型病毒检测器？"

江涛愣了一下，说："对，是小型病毒检测器。"

安德鲁冷哼一声，说："我们那儿的小型病毒检测器可比你们这玩意儿精良多了。你们的成本一看就很高吧？连量产都做不到。"

威尔森瞪了安德鲁一眼，接着说："我们可以帮你们进行改良升级，还可以对病毒的类型进行更严格的整理。我们也带了一些小型病毒检测器。等一会儿，我会叫人拿上来，你看可以吗？"

"那就谢谢你了。"江涛没有理会安德鲁，对威尔森说道。

"安德鲁？是不是那个安德鲁·戴维斯？"周梓龙忍不住插了句嘴。

程锦云笑着说："对，安德鲁·戴维斯。"

周梓龙呆住了，安德鲁·戴维斯是研制出特效药的关键人物，自己怎么都无法把他和描述中的这个毛头小子联系在一起。

　　程锦云说："想不到吧？没想到这么厉害的一个人曾经也有过这么一面，说白了，大人物也有小脾气。"

　　周梓龙回应道："是。而且，会士，您对这次会议的了解似乎也有些太详细了。"

　　程锦云耸耸肩，说："还不是因为后来江涛和我讲得太详细了。"周梓龙问道："您的意思是，江涛也出席了那场会议？"

　　程锦云说："没错，他就是之后和威尔森他们通报形势的人。当时，中科院虽然向外界进行了广播；但是，实际过来的人很少，一般要么就是有营地驻扎了，要么就是收听不到广播的。虽然时不时会有人来交换物资；但总体而言，过来的人比较少，物资压力也较小，为后续的建设打下了一个比较扎实的基础。

　　"后来，威尔森还因为安德鲁的事情向周海涛道歉

了。周海涛也没太计较，毕竟，他也知道，能参加这次会议的人都不会是等闲之辈。安德鲁，我记得他当时比我还小两岁。之后，周海涛收到我们的消息，就接我们回去了。"

直升机飞行6个小时后，我们回到了中科院本部。

导师回去之后就挣扎着起来，回到自己的房间，说需要花些时间消化一下从外星球接收来的知识。另一边，我们也和威尔森他们认识了一下。威尔森说，我和安德鲁差不多大，希望我们能互相好好交流一下。

说实话，安德鲁那时的态度让人感觉不太舒服；但我也不明白，我们到底做错了什么，让他这么讨厌我们。

晚上8点，我们回到中科院。江涛将我们带到医疗区看了孙婉莹。孙婉莹躺在床上，身上插满各种各样的检测设备。由于同时在她身上进行实验的缘故，她的症状出现得比冯文驹更快，脖子上已经出现了火成岩现象。

一般情况下，火成岩现象都会从双手或者双腿的位置开始出现；但也有特殊情况，比如，从脖子或者直接从胸口、腹部或者大脑处开始，一旦接近心脏或者大脑的位置，病毒就会杀死宿主。

"实际测试下来，HV1 确实可以杀死 HV1。HV1 和 HV1-S 的共同点就是都能杀死宿主；不同点是，HV1-S 也能杀死 HV1。从这个方向入手的话，只要将 HV1-S 和 HV1 的区别找到，就可以轻松地研制出特效药了。现在，我正在比对 HV1 和 HV1-S 的区别。我想，应该很快就能得出结果了。"江涛的语气里带着克制不住的激动。

孙婉莹有些费力地微微侧头看着我们。因为火成岩现象出现在脖子上，导致她扭头会很费劲。她笑着说："很快能得出结果，那就好了。"

江涛低头说："谢谢你！辛苦你了！如果特效药出来了，我第一个给你用。"

孙婉莹笑了笑，轻声应了句"好"，便闭上眼睛，不再说话了。

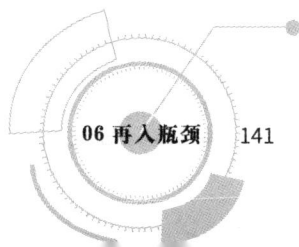

当天晚上，我睡得很香，有种心中的石头终于落地的感觉。

第二天早晨刚睡醒，我就加入江涛他们，与他们一起检测病毒基因。

周海涛还没和我们说接下来要干什么；但是，在那种情况下，每个人都有一种不能闲下来的斗志，那是在绝望之后看到希望的斗志。

这一天，大家的兴致都很高。

瘟疫是这样的，当它严重到可以改变整个世界的时候，世界就会变得无序且疯狂。要说完全不怕是不可能的。我们时不时就会被噩梦惊醒，醒来后，熟悉的实验室反而会给我们些许安全感。

当天晚上，我因为担心导师，敲了敲他房间的门，里面传来他的声音："请进，门没锁。"我进去时，发现里面没有开灯。

"程锦云，你来了？"导师有些虚弱地说。

"是，老师，你现在还好吗？"我问。

"还好，你开灯，我正好有话想对你说。"我听到导师坐起来的声音。

我打开灯，发现他的头发已经全白了。

"锦云啊，我辅导你多久了？"导师的声音格外温柔，让我心中升起一种不祥的预感。

"3年了，老师，你现在身体怎样了？"

"3年了啊。"导师喃喃道，似乎在自言自语。

"老师，你现在身体还好吗？"我的声音有些急切，"需不需要去医疗部看看？"

导师摇摇头："不用，我现在的身体情况，我自己很清楚。你去把电脑桌靠左的柜子打开，里面有一样东西，拿出来。"

我照做，看到里面静静地躺着一个漆黑的U盘。

我拿起来，看向他，问："这是？"

导师看着U盘，发了会儿呆，然后说："这个，是巨安特族传给我的信息，我花了一天时间梳理好的。你一定要带好它，回去好好看。"

我问："巨安特族？是那块木板的种族吗？"

导师笑了笑，说："是，是我给他们起的名字。程锦云啊，你是我带过最久的一个孩子，也是最争气的一个，你是我这辈子的骄傲。你要记住，有什么想知道的就一定要去找，找那些可能与其有关联的人，找那些可能与其有联系的事；再不行，就去找周海涛。你一定要找到真相。"

他已经开始说胡话了。我心中升起不祥的预感："老师，我还是去帮你叫一下医疗部的医生吧。"

导师还是摇摇头，在床上躺好，看着天花板，喃喃道："还是好想回去啊。"说完，便不动了。

"老师？"我试探着叫他。他没动，没回应我。我轻轻走上前，握住他的手。

他已经停止呼吸了。

当晚的雨下得很大，我跑回自己房间，缩在床上，手中紧紧攥着那个漆黑的U盘，就像攥着未来一样。

第二天一早，我来到医疗部。周海涛也到了，他看了我一眼，对大家说："昨天，黄瑞江给了他一个U盘就去世了。黄瑞江同志留下的这个U盘里装的是之前在复活节岛时那块木板传递给他的信息。程锦云，你投影播放一下吧。"

我点点头，将U盘插到医疗部的电脑上。

U盘里有个文档，我将它点开，投影到墙壁上。霎时间，墙壁上出现了密密麻麻的符号、公式，还有数字。

江涛仔细看了一会儿，问："这是什么东西？"

马斯克说："这个，看起来像……干细胞的……公式……"

安德鲁翻了个白眼，说："这不是干细胞。我最近就在研究干细胞，这个式子压根就不是。"

威尔森推了一下眼镜，说："这里面的干细胞公式确实和我们研究的有些不一样，但也不能排除这种可能。"

马斯克摇摇头，像是在自言自语："不……不对，这个公式里没有包含……细胞的……定向培养。"

孙婉莹从病床上挣扎着坐起来，看过来。

许世杰听到动静，回过头，看到她这样，连忙走过去，说："你好好躺着，歇着吧。"

孙婉莹微微摇了一下头，说："不，也让我看看……确实有全能干细胞的部分结构，不是很多，会不会有遗漏的地方？"

一时间，房间里沉默了。

过了一会儿，我说："不可能吧，他们应该不会给我们一个完全无解的内容才对。"说着，我看向周海涛。

江涛看着密密麻麻的公式，说："不对，我们应该跳脱出来看才对。有没有可能这就是全能干细胞？"

安德鲁口中嗤了一声，说："这是全能干细胞？你知不知道全能干细胞？从受精卵到卵裂期 32 细胞前的所有细胞，我问你，这里哪里有？这根本就不是一个东西。这最多可能是一种干细胞，但不可能是全能干细胞；而且，地球上绝对没有这种东西。"

"我说了，应该跳出来看。你看这里，这一串显然是人工合成的氨基酸序列，是多肽水溶液作为细胞外基质，没问题吧？你再看这里，用剪切酶或乙二胺四乙酸使这个不知道是什么的细胞脱离原培养表面，处理后得到 X 细胞团，接种于所述的细胞培养皿表面。你说这是不是全能细胞的培育方法？还有这里的。你看这里的多肽，明显是促进细胞黏附能力的，也能用于全能干细胞的培养，可以维持全能干细胞在多次传代中的未分化状态。明白了吗？"

"但是，这个表达式不对。你说的是干细胞诱导多功能干细胞的培养方法；但是，这里写的表达式压根就不是。"安德鲁对着公式看了好一会儿，说道。

"所以，我们……人工……培育……新细胞了？"马斯克忽然问。

房间里马上陷入短暂的沉默，众人对着密密麻麻的公式看了一会儿。

"好像是的。"许世杰说。

安德鲁舔了舔嘴唇，没有说话。

"如果想要人工合成这种干细胞的话……很难。"威尔森看着满墙的公式说。

"老师，就只是合成一个干细胞而已。"安德鲁转身对威尔森说。他说完便走了出去。威尔森看着安德鲁走出去的方向，叹了口气。

　　江涛问："他为什么这样？"

　　威尔森摇摇头，说："实在抱歉，他总是对 L 国抱有偏见。"

　　威尔森看着许世杰，叹了口气。

　　我问威尔森："为什么会这样？"

　　"他的父亲曾被你们国家的医生误诊，在接受一场本应很简单的手术时死亡。后来，那个诊所被查封，暴露出一条黑色医疗产业链。这件事情，对他的影响很大。"威尔森沉默了一会儿，回答道。接着，他站起来，看着我们说："我先去找他，这孩子本性不坏，我会去和他谈谈。也希望你们这边的研究获得成果。先失陪了。"说完，便走了出去。

　　很快，我们这一组就忙碌起来，各司其职地加入实验中。周海涛则出去帮威尔森他们安排了另一个实验室。

后面的几天里，我们都在死磕里面的化学式，但失败率实在太高。对 HV1-S 的研究也在同期进行，但收获并不多。孙婉莹的身体每况愈下，由于症状一开始就出现在脖颈处，火成岩现象很快就蔓延到左臂和后耳，直逼心脏和大脑。

"这样不行！"许世杰两手一摊，将实验器材一放，瘫坐到座位上，"根本就不可能把这玩意儿弄出来。这该死的细胞，我真是一刻都搞不下去了。记录第 1225 次实验，失败；准备进行 1226 次实验，替换测试 165 号莽草酸，完成记录；两分钟后继续进行实验，记录完毕。江涛，还有水吗？"

江涛紧盯着眼前的显微镜，说："你已经喝完了今天配额内的水，我还剩一些，你要想喝就拿去。记录，HV1-S、r.13672-13673insAGG、HV1-S 在休外存活超过 34 秒，毒性未得到有效减弱，实验失败；准备 13673-13674insAGG，记录完毕。"中央电脑根据他们的语音将他们的实验全部记录下来，再根据声纹予以分类整理。

马斯克则在一旁协助许世杰的实验，递一些实验器材或者协助进行一些化合反应实验。

忽然，门被打开了，安德鲁咬着腮帮子，站在门口，右手捏着左手，左手握紧拳。

我们所有人的目光都注视着他，威尔森从他身后走出来，拍了他一下。安德鲁"啧"了一声，说："对不起，我们一起合作进行研究吧。"

屋子里又安静下来。

许世杰走到安德鲁面前，仔细地端详着他，笑着用手拍向安德鲁的肩膀，又看着威尔森说："你对他做什么了？给他洗脑了？"

威尔森耸了耸肩，说："他和我打赌，说要在5天之内完成对这个干细胞的研究，不然就得过来。"

安德鲁拍开许世杰的手，从口袋里掏出一份细胞培养基，走向实验台，说："记录。放下莽草酸，替换小鼠培育的全能干细胞，培养在饲养层上。该细胞培养基已培养 3 天，全能干细胞长满后用胰酶 -EDTA 消化成单细胞悬液。所述细胞培养基终浓度组成如下：5%—20% KO 血清替代物，5—20ng/ml 碱性成纤维生长因子，50—200U/ml 青霉素，50—200U/ml 链霉素，溶剂为 KO-DMEM。记录完毕。"

我愣愣地看着他的这一连串操作，马斯克的手也停了下来。

安德鲁拿走马斯克手上的东西，把它们扔进一旁的废弃箱里。

许世杰摩挲着下巴，看着他的操作，脸上的笑意一直没有散去："挺机灵一小伙子，咋就答应你这要求？"

"只要说你们 5 天内肯定有进展就行。"威尔森边笑边说。

"不错。"许世杰说。

笑意洋溢在整间实验室里。

安德鲁抿着嘴没有说话，只是盯着数据看着。

威尔森走向江涛，问："对 HV1-S 的研究怎样了？"

江涛摇摇头，说:"目前还没有很大的进展，只能通过对它的基因进行修饰，来试着把它改造成对人体无害而且能消灭HV1的病毒，这样，或许能用HV1-S去研制特效药。你看这里，初步判断，这里就是能用于消灭HV1的地方。"

"能不能单独把这一块裁下来？"威尔森问。

江涛摇头:"不能，如果从这里单独裁下来再拼接到其他基因上，它都会坏死，原因应该是因为HV1本体并不是地球上的病毒，HV1-S这个亚种也和地球上的基因不兼容，我之前试过用AGG、ATCG、AUCG进行拼接，都不行。"

"这一串基因是不是在木板给的式子里出现过？"威尔森看着江涛给出的基因链问。

江涛点头，将手边的平板电脑划拉了几下，递给威尔森。威尔森接过来看，上面就是之前从U盘里提取到的那一连串公式一样的东西。

江涛指着上面说:"你看这里，这里就是和该病毒的基因几乎一致的地方，但有一些细微的区别，还不清楚其前后的化学式到底是什么，所以只能先试着采集分离，保证它的体外存活率。还有一个问题就是，她快撑不住了。"

说着，江涛看向孙婉莹的床位，她已经进入浅昏迷状态，火成岩现象几乎快蔓延至她的后脑了。

威尔森顺着江涛的目光看过去，问："这是唯一一份 HV1-S 的人体样本？"

江涛略微皱了一下眉，继续说："对，孙婉莹应该是现在唯一一个感染了 HV1-S 的人。对于后续该怎么办，我需要向周海涛汇报一下。"

"要获取实验样本的话，还得继续进行人体实验？"威尔森看着孙婉莹说道。

"是，这也是我头疼的地方。"江涛说。

威尔森收回目光，转头看向他。

江涛神色凝重，目光落在孙婉莹身上。孙婉莹眉头微皱，气息不匀，身体偶尔还会抽搐一下。

江涛继续说："人体实验给被实验者造成的痛苦是无法想象的。没有经过一期、二期，直接进入临床试验，心理上真的很难接受。"

威尔森看着江涛，默默地点点头，说："不过，你有没有想过，历史上的几次著名的人体实验都直接推动了医学或者伦理学的进步。"

"这种进步我宁愿不要！"江涛猛地从座位上站起来，才发现自己的声音有些大了。

威尔森看着他，没有说话。

江涛深吸了一口气，小声说："对不起，我出去一下。"说完，便脱下白大褂，走了出去。

许世杰吐了吐舌头，回头看向安德鲁。

安德鲁只是冷哼一声，像是在自言自语："如果一味遵守伦理道德，只会墨守成规到死罢了。"

"换你躺上去试试。"许世杰笑着看向安德鲁，说完，自顾自走了出去。

我看了看安德鲁他们，又看了看门口，也起身跟了出去。

虽然不清楚江涛会去哪儿，但我知道，如果许世杰找上江涛，会将他带到哪儿。

当时是晚上 11 点，楼道里黑漆漆一片。在电力不足的情况下，每天只能供给一些关键部门的电力。至于食物和水源，虽然周海涛没说什么；但是，从他定下来的种种规矩来看，情况也不容乐观。

我下楼，走向门口。喷泉已经停了，只留下干涸的喷泉池。周海涛和许世杰都在门口的台阶上坐着，天上是璀璨银河。

许世杰注意到身后的脚步声，回过头来，看到我后，招呼我过去。我走过去，坐到他旁边。

江涛意志有些消沉，低着头没有说话。

许世杰看着天上的星星，说："难得偷跑出来一趟。你往上瞅瞅，这样的星空，你不看看，可惜。"

江涛只是低头看着地板，自顾自地说："我真的不想再进行这种实验了。我们还有多少时间？一年？两年？千千万万的患者又能等我们多少时间？就算我们研究出特效药，那然后呢？我真的有些抗不住了。"

许世杰看着天上的星星，轻声说："江涛，你休息几天吧，你现在压力太大了。"他的声音难得温柔，我也是第一次听到他这样说话。

江涛没有回应，长长地叹了口气。

许世杰继续说："你能坚持这么久，已经很厉害了。我会去和周海涛说说你现在的情况。休息几天吧。"

江涛抿了抿嘴，说："不。至少我得完成对HV1-S的研究。"

许世杰猛地拍了一下江涛的后背，江涛站起来，回头瞪着许世杰，问："你干吗？"

许世杰站起来，走上一层台阶，手揣进兜里，转身俯视江涛，说："后面的事情就交给我，你去歇着吧。现在，安德鲁他们加入我们，可以让他去进行培养干细胞的操作。我接替你去研究HV1-S。你现在应该做的，就是好好休息。顶着这么大的压力，你根本没办法好好工作。如果效率不高，还不如不做。”

江涛喷了一声，说：“还是让我来吧，不然，我还能做什么？”

许世杰笑了笑，说："你就放心去宿舍里躺着吧。每天该吃吃，该喝喝，该睡睡，什么都别操心，这边还有我呢。"

江涛看着许世杰，看了一会儿，很快就软了下来。他垂下眼帘，默默地点了点头，轻声说了声“谢谢”，然后走上楼梯，走进大门，拐了个弯，就离开了。

许世杰目送江涛离开，回头看着我说："好了，我们回去吧，还有很多工作要做。"

那一天，安德鲁和我进行有关 X 干细胞的研究，而威尔森和许世杰则负责 HV1-S 的研究。

第二天，6 点多，周海涛就走进实验室。平时凌晨 4 点睡、8 点醒的我迷迷瞪瞪抬起头来。

周海涛快步走向许世杰，问："你昨天是不是叫江涛回宿舍休息了？"

许世杰点头，问："怎么了？"

"他昨天在宿舍里试图用刀片自杀，现在在下面抢救。他昨天怎么了？"

许世杰瞳孔收缩，愣愣地盯着周海涛，过了好久才说："怎么可能……他昨天明明还和……我要去看他。"说着，他大步向外走去，但又很快折返回来，脱下白大褂，又跑了出去。

安德鲁只是抬头看了一眼，不屑地说了声："废物。"

我猛地回头瞪着安德鲁："你说谁是废物？这是自杀，你知道吗？！人差点儿没了，你却在这里说风凉话，到底是什么意思？"

安德鲁停下手中的实验，看向我说："任何人都没有权力去决定别人的生命或者去践踏自己的生命，那是对自己和他人的不尊重，明白吗？他根本就没有尊重过你们对他的感情，你还帮他说话？我说他是废物，有意见吗？"

威尔森皱着眉，厉声呵斥道："安德鲁，你给我消

石碑

停些！忘记我是怎么跟你说的了吗？"

安德鲁哼了一声，继续进行试验。

我只是攥紧了拳头，却什么也说不出来。

威尔森又转过头来看着我，说："你要不要去看看？这边，我们先负责就好。"我有些感激地看了威尔森一眼，脱下白大褂，走了出去。

周海涛只是看着这场闹剧，却什么都没说。

来到楼下的医疗部，我看到许世杰已守在江涛的床头。江涛的命虽然保住了；但是，由于失血过多，可能会有瘫痪的危险。虽然在发现的第一时间就输了血，但发现的时间确实太晚了。

我站到许世杰旁边，扶着他的肩膀。他说："没事儿，我还好。他的压力可能真的太大了，大到我想象不到的地步。"

我说："这根本不是你的问题，别太难过。命保住了就好。"

许世杰盯着江涛，小声说："不。你知道吗？人在

高强度的工作中，可能不会去想很多东西；我让他去休息，他可能就会想起各种各样的事情，可能这就导致他最后没承受住压力。"

"但至少，这也算一种宣泄方式吧。"我说出这句话后，才意识到不妥。

许世杰只是看着江涛，说："让我和他单独待一会儿吧。"

我只能点头，退了出去。

江涛的自杀没有掀起很大的涟漪，似乎这种事在这里已经稀松平常了。

在回去的路上，我发现大家的脸上像蒙着一层呆滞的面纱。由于病床不够了，大厅一楼被临时扩建为病房，用来收留已经出现症状的患者。病房的人们鲜有交流，死气沉沉的病房里，除了偶尔的呻吟声和抽泣声，似乎就没有其他声音了。

有一个已经感染了 HV1 并出现症状的女性患者在前两天分娩，而她的婴儿从一出生，身上就带有火成岩现象。我这次在回去的路上又见到她，她的脸上一丝表情也没有，只是呆呆地看着自己怀里的婴儿。

婴儿在贪婪地索取母亲乳房里的生命之水，并没有在意自己早已僵硬的左手。HV1会导致出现火成岩现象的人神经坏死，已经火成岩化的部位是一丝一毫疼痛也感觉不到的。

后花园中央的停机坪上，直升机已经沦为一堆废铁，而旁边则立着一块巨大的石头，它将被雕刻成人的样子，永远伫立在那里。人类几千年的文明结晶都会被封存进内部一个电子盘里，等待后世不知何种生物的揭晓。

这个提案不知是谁提起的。之前，曾以不同语言用广播呼吁，恳请最后能听到广播的幸存者们用自己的方式封存好自己的文明，以证明我们曾经存在过。

之后，营地里便有了说要修建一个人类形象雕像的声音。周海涛没说什么，只是最后利用那些还没被拆成废铁的直升机运了一块等楼高的石头回来。

直到这个时候，我才发现，到现在为止，自己做的事情似乎一点儿意义都没有。就和人类个体一样，人类文明已经在处理自己的后事了，而我们这些细胞却还在试图让他回光返照，让他出现奇迹。

但我不想就这么放弃。

我想，回光返照本身就是不想放弃的表现。

87.5%

07

———

绝境

“那时，你是怎么想的？”周梓龙问。

程锦云笑了笑：“没怎么想，只觉得我们一定能搞定这个病毒而已。”

“什么？”周梓龙有点儿蒙。

程锦云没理他，继续说：“之后，我就回去了。”

我走回3层的实验室。开门的时候，安德鲁瞥了我一眼，很快又投入到实验中。

我走过去时，他并没有看我，只是说：“你们啊，

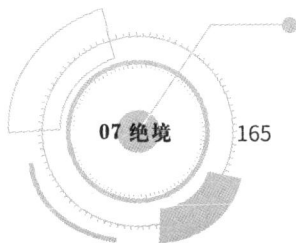

挺可笑的。"

我抿了下嘴，问："我能不能问你一个问题？关于您父亲的事，做错事的不是我们吧？您父亲的死根本跟我们没关系。为什么你非得这样？找不自在？"

安德鲁停下手中的工作，回头看向我，说："怎么？我见过太多你们这样的人了，有微薄的成就就扬扬自得，无论别人追得多快，追得多高。把自己封闭起来啊，我天下无敌；甚至到了法庭上，都出人命了，还抵赖说自己没错，说不是自己的问题。对你们这种人，我为什么不能这样？明白了吧？如果明白了，现在就给我闭嘴！"

他话还没说完，我一个巴掌已经扇了过去。"啪"，随着一声清脆的响声，他捂着脸向后趔趄了两步。

这一切发生得太快，以至于他发出了疑惑的声音："你敢……打我？"

安德鲁死死地瞪着我，一半脸已经肿了起来，身体不住地发抖。

我瞪回去："别因为一个人而归罪一群人，行吗？"

他撸起袖子，摆出一副要打架的架势，露出了明显充分锻炼过的肱二头肌向我走来。我咽了口唾沫。

就在这时，一只手按在安德鲁的肩膀上——是威尔森。"安德鲁，不得无礼。"威尔森淡淡地说出了这几个字。

"老师，威尔森老师，明明是他先……"说到这里，他停了下来，似乎意识到是自己先挑起的。

我向前走出一步，瞪着他，几乎一字一顿地说："你，敢不敢，比画、比画？"

他冷哼一声，说："你说吧，比画什么？"

"谁先解开这个基因式，谁先把这个干细胞制造出来，另一方就得认输，敢不敢？""来，来！"安德鲁怒极反笑，就在这时，一个声音从我们之间传了出来。

"不用……比……画，已经有……答案了。"是马斯克的声音。

我和安德鲁同时看过去，他正坐在实验台前，抹了

抹眼睛，转过身来看着我们说："我……弄好了。"

安德鲁瞪着眼睛看着他，口中喃喃道："不，不可能！怎么可能？我们之前测试了那么多种组合公式，都没有头绪，你怎么可能这么快？"

马斯克脸上罕见地露出笑容："因为我们……没你……想……象得……那么不堪。"

之后，这边的喜讯第一时间传给了周海涛、江涛和许世杰。

周海涛得到消息后，很快来到实验室，江涛也醒了，他坐在轮椅上，被许世杰推到实验室。

根据许世杰的说法，江涛那天醒来的第一件事就是坐起来哭，说觉得自己什么也做不了，自己是个废物，看着这么多人受苦受难，却一点儿忙都帮不上，反而成为这里的累赘。还说自己无能，晚上熬到 4 点 21 分，没想通，就自闭自杀了。早上的时候，周海涛去找他，正好撞见了这一幕。

周海涛看着马斯克，慢慢逼近他。马斯克有些局促地稍微后退了一些，然后就被猛地搅入怀中。

周海涛紧紧地抱着马斯克，马斯克身体僵硬地杵在那儿，直到感觉到自己背后湿润了才发觉，周海涛哭了。

这也是我第一次见到周海涛除了板着个脸以外的其他情绪。不过，他很快就恢复了正常，擦干眼泪后，他转身说："我会把这个消息传到这个营地的所有角落，我要让他们都知道，我们已经取得阶段性的成果了。"说完，便大步走了出去。很快，就听到广播里传来周海涛的声音。

"科学会所有营地的人员请注意，我现在宣布：我们对治疗HV1的药物研发已经取得阶段性的成果。终有一天，我们会完全战胜这场瘟疫！终有一天，我们人类会重新布满这个星球，会遍布整个银河系！我们，我，我们终究会，屹立在世界之巅！"之后就是一段嗡嗡的闭麦声。

许世杰看着音响，吐了吐舌头，转头问我："他怎么这么激动？"

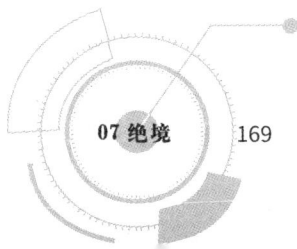

"看到了人类发展下去的希望，我想谁都会很激动的，更何况，为了这件事，他也没少操心。"江涛脸上带着一丝浅浅的笑容，我看向他，他脸色苍白，气质也感觉和之前变得不一样了，脸上多了一丝慈祥。

威尔森笑着摇摇头，自言自语道："科学会……这名字起得一点儿都不像你会起的名字啊，周海涛。"

许世杰点头，转头看向马斯克，说："所以，结论到底是什么？"马斯克拿出平板电脑递给许世杰。

许世杰接过，看完后，一拍脑袋说："这……不就是第1225次实验的变式吗？不是，这里怎么还能加剪切酶？"

安德鲁一把将他手上的平板电脑抢过来，盯着屏幕看了一会儿，马上说："在这里增加剪切酶只会破坏DNA的结构，让其变成一堆无意义的蛋白质。这根本就不成立！"

马斯克叹了口气，起身从冰箱里拿出一个试管递给他，说："特……殊时期，特殊手段。"

安德鲁看了看试管上的代号与文字，抬头说："能不能换成 Y 文？谁会为了你们的文献去……我不懂你们国家的文字。"

马斯克看着安德鲁，说："新型……干细胞，就……是这个。"

安德鲁抢过试管，钻进实验台，经过近一个小时的缜密钻研和坚持不懈的提问，很快，经过测试的新干细胞暂时被我们命名为 X 干细胞。它目前已知的特性只是可以利用载入部分 DNA 进行定向分化，但对于 X 干细胞，我们所知甚少，还需等待后续开发。

最终，他将试管还给了马斯克，脸上留下的只有迷茫，口中还念叨着："这压根儿不科学。"

江涛推了一下眼镜，说："这个新合成的干细胞具体能起什么作用？"

许世杰说："我之前看平板电脑里的数据，好像是可以加入一些其他 DNA 来达到定向分化的结果？意思就是，只要持有特定的 DNA，我们就有机会从基因上解

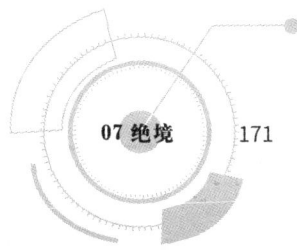

决这个病毒。"他边说边把轮椅转到孙婉莹身前，看着她像是在做噩梦的脸庞，轻轻抬起手，缓慢但坚定地将手按上了她的额头。

"你疯了？"许世杰最先反应过来，他快步走向江涛，抬起手，似乎是想摇晃江涛的肩膀，却在快接触到江涛的时候停下，转成握拳，对着空气用力挥了一下。

其他人还没反应过来，还没明白眼前发生的这一切是如此令人难以置信。

江涛轻轻地吸了口气，看着孙婉莹说："这样应该就可以了吧？HV1-S，我也就没那么没用了，剩下的就让我来吧，到我这里来做人体试验。"

"你怎么，你怎么可能没用啊。"许世杰看起来已经有些急眼了，"你的身体情况现在已经不能承受这个病毒了，你如果发病，只会比孙婉莹她们恶化得更快。你，你这样根本就不可能……你，哎，真急死我了。"许世杰转身深吸了口气，企图让自己冷静下来。

"没事儿，我已经想好了，至少我，我希望最后的时间里，我能做些什么。"江涛看着许世杰说。许世杰回头看着他，什么话也没说。

威尔森对江涛说："我看过 HV1-S 的基因片段，我想，应该可以研究出一项可以体外保存这种病毒的技术。它的有些关键节点和 HV1 有不一样的地方，这样，我们应该就不用进行人体实验了。"

江涛感激地看着他，说："谢谢你。"

威尔森摇摇头，轻笑着说："没关系，我在进行实验的时候就有这个构想。毕竟，我们都应该有对人类的悲悯之情。"

许世杰叹了口气，仰头望着天花板，像是在自言自语："真难啊。"

江涛爬上另一个病号床，躺上去，说："来吧，别折磨她了。"

许世杰默默地把他的床和孙婉莹的床调换，在江涛身上插上各式各样的管子。江涛有些释然地闭上眼睛，便不再动了。

我们试着让 HV1-S 的有效基因片段和 X 干细胞进行接合；但和之前预想的一样，将 RNA 和 HV1-S 接合在一起后，什么也不会发生，只会生成一堆没用的蛋白质。而江涛那边，哪怕体内已经被注入了他所能承受的最大剂量的麻药，他还是会疼得冒汗。

日子还在继续，在未来的两天里，我们进行了诸如 HV1-S 是否有可能完成从 RNA 到 DNA 的逆转录，常规的逆转录酶对 HV1 和其亚种没用怎么办，研究预估时间与文明的剩余时间数据分析，在一个月之内能否完成 RNA 到 DNA 的逆转录公式，新干细胞能不能转换为读取 RNA，新干细胞能不能叫超级无敌霹雳巨无霸干细胞等一系列探讨。

在此期间，安德鲁一直很沉默，常常用一种很犀利的目光瞪着我。

在公布了已经研究出 X 干细胞之后，之前鲜有人问津的实验区，现在却不时会有人过来查看或者询问我们的进度。

之前看到的那个抱着婴儿的女人也来了，她一见我们就扑通一声跪在地上，泪水在她的眼里打转，直到离开的时候，她还在一直重复说着"请救救我的孩子，谢谢你们，请救救我的孩子"这样的话。

直到第三天，下午两点，突然有一伙人出现在我们的实验室门口。

"你们，就是发现了新干细胞的人？"为首的一个人说，我注意到他们的身上都或多或少地出现了火成岩现象，从他们的表情基本可以看出，来者不善。

这是从上次被关在隔离室里锻炼出来的眼力，这两群人的眼神很像。

许世杰默默地走上前，将我们都护在后面。

威尔森看着那伙人说："怎么了，朋友们？有什么事情吗？"

"你们那个药，治 HV1 的，多久能整出来？"为首的人问。我暂时称他为小苟吧。

"目前还不明确，我们现在在努力研究，应该很快

就能完成。"威尔森说。

"别给老子放屁！我问的是多久能整出来！"小苟说着，向前逼近了一步，伸出火成岩化的左手对威尔森挥动着。

"欺负一位外国友人算什么事儿，你就是专门过来打扰我们进度的？"许世杰向前一步，挡在威尔森前面说，"我们是在很努力地研究，请相信我们。虽然我们不敢保证研究时间，但是，我想也不会太慢。"

小苟啐了口唾沫，说："别给老子打马虎眼，爷今天就要知道，你们能不能在5天之内研究出来。"

许世杰看着小苟，神色也冷了下来："如果不能，你能怎样？"

小苟笑了一声，低下头，回退了两步，摇了摇头，然后轻轻将右手往前一指，说："那就都别活了吧，给我砸！"

于是，他身后的人还没等许世杰反应过来，就齐刷刷地冲了进来，不顾我们的阻拦，开始打，开始砸。

我看着眼前的一幕，呆在了原地。实验室里血红一片，警笛大作。直到周海涛带着本来守在营地边界的警务赶到，将他们捉拿、带走或者击毙，我都没有回过神来，只是瘫软在地上，又一次昏了过去。

　　从周围的呻吟声、哭喊声中醒来的时候，我已经待在了医疗区。江涛头上绑着纱布，躺在我旁边的病床上。我有些茫然地坐起来，头疼欲裂。许世杰守在我的床边，意识到我醒了，他也抬起头来看着我，脸色憔悴得就像老了10岁。

　　他冲着我笑了笑，问："醒了？"我点点头，还没缓过神来。

　　"都没了，都没了，我们什么都没了，又得从头做起了。"他笑着，冲我缓缓说道。

　　我摇摇头，渐渐回忆起了之前的一切，我说："实验室变成什么样了？"

　　许世杰看着我，没有说话。此时，远处传来了另一个人的声音："因为资源不足，设备的很多功能无法

运行。他们这么一砸，我们人工合成的 HV1-S 和新干细胞全没了，实验数据也是，全毁了，连备份也没留下。"

我看过去，是威尔森，他的左手打着石膏，一瘸一拐地走过来。许世杰连忙站起来，扶他坐下。

我注意到，安德鲁坐在威尔森过来的方向不远处看着我们，看到我注意到他，他也转过身来盯着我，似乎在说：看看现在这个烂摊子，你们又能怎么解决？

我有些心烦地收回目光，揉了揉太阳穴，一阵阵头痛使我的大脑跟一团糨糊一样，但我的目标还是明确的。

我看着许世杰说："许世杰，带……我去……我要去找……周海涛。"

"怎么又来了个结巴，说吧，准备去干吗？"

我揉着太阳穴，剧烈的头痛让我眉头锁紧，无暇顾及他的调侃，我一边闭着眼与头痛抗衡，一边说："带我去找周海涛，我要去……恢复文件。"

"恢复文件？你打算怎么恢复？"许世杰盯着我。

"我的记忆力很好，带我去，就现在，我能记住那些文件的内容。"我说。

"人的记忆是不可靠的，更何况，那份文件精度那么高。你如果记错了怎么办？"许世杰看着我，像是有些犹豫该不该说这些。

"我们现在不是没有其他办法了吗？为什么不试一试？我说了我没问题就是真的没问题；而且，我有把握，我们一定能研究出特效药，行了吧？快，带我去。"我近乎低吼。

许世杰没办法，将江涛之前使用过的轮椅推了过来，把我扶上去，叹了口气，说："等我去再叫个护士。"

"我来帮忙吧，让他对自己有点儿自知之明。"是安德鲁的声音。

我虽然听到他的声音血压会下意识地变高，但现在不是计较这个的时候。我扶着轮椅，许世杰和安德鲁抬着我和我的吊瓶，站在1楼的楼梯口，深吸一口气，像两个勇士一样走向5楼——周海涛的办公室就在那儿。

刚到 5 楼，许世杰一放下我的轮椅就瘫坐在地上，他喘着气摆了摆手，示意安德鲁先带我过去。

我们很快就来到周海涛的办公室。周海涛坐在那里，虽然神态疲惫，但身板依然挺得笔直，看到安德鲁推着我进来，他问："什么事？"

我说："给我单独安排一个房间，给我一个安静的空间，要纸，还有笔。"

他说："你要干什么？"

我说："我要整理所有的公式，给我点时间。"

"就这样，他批了一个单间给我，说给我时间，让我全部写下来。"程锦云说，脸上挂着淡淡的笑容。

周梓龙只觉得头皮有些发麻，说："所以后面，你就把公式写出来了？"

程锦云点头，笑着交叉着双手说："对，而且分毫不差，就连标点符号都没有标错一个。我本来预估只用写一面墙，其实是不够的，还好，他给的房间有四面白墙，我才完整地写了下来。"

周梓龙听罢，犹豫半天才说："您，真的很厉害。"

程锦云笑着看着他，说："那肯定，对了，你确定不说说你来是要干吗的吗？"

周梓龙身子绷直，僵了一下，然后说："会士，您……说笑了。我在来的时候就已经说过，我是记者，是要来采访您的。"

程锦云看着他，忽然一拍脑袋，收起笑容，说："你瞧我这脑子，都给忘了。"

周海涛单独给我安排了一个房间，里面什么都没有，只有四面白墙和一张桌子、一沓纸、一扇窗户。他的秘书领我进门后，放了一支圆珠笔在我手上就走了出去。我闭上眼，脑海中就浮现出之前在马斯克平板电脑里看到的东西和威尔森研究出来并保存下的 RNA 片段。

睁开眼，手上的笔就落在纸上，后来觉得写到纸上

容易打断思路，索性把纸撕了，直接写在墙壁上。中途有人进来，想给我送吃的，我也没注意到。

那时候，我什么都不想管，只想把自己记得的东西写出来，想到什么就写什么，只觉得思路越来越清晰，越来越通透，直到停笔，才发觉时间已经从艳阳高照的中午变成了天边朦胧泛白的清晨，灯也不知道什么时候被打开了。

我盖好笔帽，感觉眼前一黑，连忙扶住自己身边的椅子，缓缓地坐在地上。初步断定，这应该是低血糖的症状。我的肚子咕噜咕噜地叫着，却也没多少食欲。

我感觉身体被扶了起来，许世杰的声音在耳边响起："你怎么回事？如果还有意识，稍微应一声什么都行。"我哼哼了两声。他握住我的手腕，也不知道听没听到我发出的声音。

接着，我就觉得身体像飞起来了一样，现在回想起来，应该是被抱起来移动的感觉，然后就又昏了过去。

后来我才知道，在我昏迷期间，其他一众人均对着满房间的公式进行演算，分在其他实验室的人也纷纷参与进来，在我将公式细化之后，研究难度也大幅降低。

有趣的是，安德鲁看着满房间的公式和许世杰等人忙碌的身影，也默默地加入其中，并完成了最后的推导工作。

当我再次醒来的时候，耳边响起的又是熟悉的啜泣声和呻吟声。

我坐起来，不小心惊动了趴睡在我床旁边的许世杰。许世杰揉着眼睛坐起来，看着我，笑着问："呀，你醒了？"

我点点头，说："怎么样了？现在。"

许世杰说："你知道吗？你整整把四面墙都写满了，你到底是怎么做到的？一天半的时间，我们放在你门口的干粮你一点儿都没吃，你知道吗？你写出来的还是我们之前根本没注意到的、我们忽略掉的东西，就是，就是之前那块木板提供的东西里对DNA的合理编辑，就……简单地说，就是你成功了，剩下的只需要推导

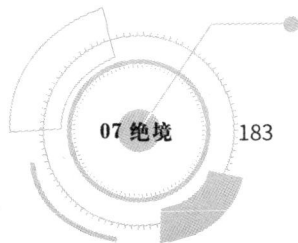

你写出来的就行了！"

我听得云里雾里，对那段时间的记忆也不是特别清晰，只记得朦胧之中，思路在引导笔，笔也在引导我的思路。我的头疼好了，身体却像失去了什么东西似的。

我摇摇头，看着吊瓶里的葡萄糖一滴一滴顺着导管流入我的身体，轻声问："那应该结束了吧？"

许世杰脸上洋溢着掩饰不住的笑容，说："是，这小日子可算是熬出头了。"

听完许世杰的解释，我才知道，原来，我在墙壁上写的是 HV1-S 的 RNA 到 DNA 的逆转录公式推导。其他人据此还推导出一个新的逆转录酶，适用范围暂时未知；不过，最基础的功能是有的，只需要等待逆转录成功就行。时间预计是 15 天，之后，只需要将其编入 X 干细胞，注射进人体，就可以消灭 HV1 病毒；不过，已经出现了火成岩现象的人只能将火成岩化的部分切掉，才能保住性命。

我回到实验室，看到了那一张张熟悉的面孔。

看到我进来，他们不约而同地鼓起了掌，脸上洋溢着最灿烂的笑容。

安德鲁走过来，十分郑重地向我们鞠了一躬，说："对不起！"

许世杰大笑着揽着安德鲁的肩膀，说："好，小伙子可以！知错能改，善莫大焉。"安德鲁身体僵了一下，什么都没说。

我看着反转录试剂盒里的试剂，忽然意识到，这个世界上，我所认识的人里，现在只剩下这几个了。

"为了他们，好好活下去。"我自言自语道。

"什么？"许世杰问。

我摇摇头，没说话，跟着笑了起来。我又想起了之前在河边的拥抱，那是当时我对刘志雪最后的记忆。

根据后来的调查发现，巨安特族身体里并没有出现HV1-S的变种；所以，他们还需要比我们多研究一个步骤，就是找到我们可以直接提取的那个基因片段。我们猜测，这应该和他们那时没能解决这个病毒有部分

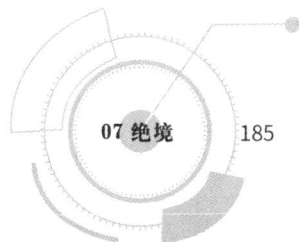

关系。

后花园里的雕像也很快铸成了，一个巨大的"人"已经屹立在那里，里面存放了我们几千年来的文明精华；不过，那上面的端口没有完全关闭，我们依然可以往里面传输数据。

20 天，也就是在特效药成功研制后，周海涛以我们营地科学会的名义向外广播、发散消息，通知全世界的人来领取特效药，并欢迎世界各地的人提供制作特效药的原材料。

很快，特效药出现了供不应求的局面。周海涛安排人手在世界各地设立了科学会分会，以收集原材料并向当地人提供特效药，同时，公示出科学会的规章制度，声明科学会将永远保证 HV1 特效药的免费供应。不过，使用特效药的人必须以个人的名义加入科学会，并宣誓永不背弃。

当这个消息散播出去的时候，所有人都明白——一个新世界的秩序即将诞生。

忙完这些，已经是公历2123年2月了，科学会总部里热热闹闹地举办了各种宴会、活动，甚至久违地放起了鞭炮。

周海涛宣布了一种新历法，叫科学历，而公元历的2123年就是科学历元年。你们这一辈用得还不多吧，听说从下一辈开始就要强制实行科学历。

新春过后，社会生活也有条不紊地恢复了。周海涛着手修订宪法，称宪法是科学会的根本法，适用于科学会全体公民，是神圣不可侵犯的法律。同时重新简单地恢复了法院的部分职能，各种生产活动也在按部就班地恢复。

等忙完这一切，到了科学历元年年中，周海涛隆重安葬了在这场瘟疫中去世的人，安葬工作整整持续了一个月。

之后，他设立了科学会的最高荣誉称号——会士。紧接着，就给在这场瘟疫中做出重大贡献的人颁发会士荣誉证书，孙婉莹、冯文驹、江涛等人被追授了这

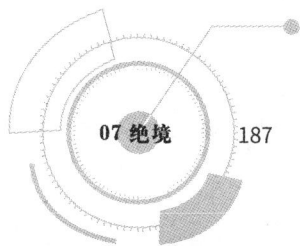

项荣誉。

大家在经历过末日之后，在经历过无纪律的暴虐之后，又可以安心地坐在家里，不用担心有人破门而入。人们路不拾遗，夜不闭户。

大灭绝之后有组织地清点出剩下的食物，足够剩下的人分配。此前，他们会因为紧张而将超市一抢而空，哪怕自己用不上这些食物；而没有抢到的人又因为自己没抢到而去乞求别人的施舍，但别人又觉得自己的都不够用了，为什么还要给你；没抢到的人只能抱团，成立一个个暴乱组织，去抢，去偷。就这样，导致了恶性循环。我能理解，但这也是我们的可悲之处。

其实，我们这次很幸运，在社会运转崩坏的情况下，从事核电站等高危职业的工作者都记得临走前关闭、销毁不稳定因素，以至不会在社会已经安定了之后出现一系列安全隐患。

尾声
日记

"这就是我的故事。你还有什么想问的？"程锦云喝了口茶，说道。

周梓龙想了想，问："黄瑞江就是周海涛的挚友，对吗？"

程锦云看着周梓龙，缓缓开口道："对，他们确实是挚友。黄瑞江导师的尸检报告显示，其死因是身上多处 DNA 断裂、大脑局部坏死，是那块木板的原因。"

周梓龙抿了抿嘴，思考了一下，问："你能讲一下他们个人的故事吗？就是在这些光辉形象之下的一些

事情，我想多了解一些。"

程锦云摸着下巴，低头看着茶几上的照片，问："你想知道什么？"

周梓龙说："就比如，在这期间，周海涛有什么和别人不一样的地方吗？"

程锦云盯了周梓龙好一会儿，然后说："不一样啊，不一样的可能就是，他和你有亲属关系？"

周梓龙愣了一下，下意识地说："不是，不是，您说笑了，程锦云会士。"

程锦云抬起头，似笑非笑地看着他，说："你清楚自己是因为什么来的吧。我的记忆力一直不差，谁长得什么样，像谁，我也都能一目了然，是吧，周海涛的孙子？"

周梓龙沉默了，没说话。

程锦云又说："你没有必要继续骗我，你和他长得很像。"

周梓龙只得低下头，默默地点了点头。

程锦云又喝了口茶，放下茶杯，身体向后一靠，问："说吧，为什么不愿承认他是你的爷爷？"

　　周梓龙沉默了好一会儿，说："我不是不愿意承认，只是有些事情，我怕说出来就难以追溯了。"

　　"你继续说。"程锦云看着周梓龙，缓缓开口道。

　　"您知道我爷爷当年是做什么的吗？我家里人说他只是中科院的领导；但是，我在整理爷爷遗物时却发现了这个。我想，家里人可能对我隐瞒了什么，当年的事情……"说着，周梓龙从背包里拿出一个不知道什么材质的球放在桌子上。

　　程锦云看着那个球，又看了看周梓龙，问："这是？"

　　周梓龙抬头看了一眼程锦云，抬手在球上点了两下。这时，球忽然像水一样塌陷下去，熔在桌上，形成一个长方形；成形后又有部分液态金属从长方形中升起，形成建筑物样的成像。程锦云定睛看去，这轮廓正是中科院。

　　这是一张地图。

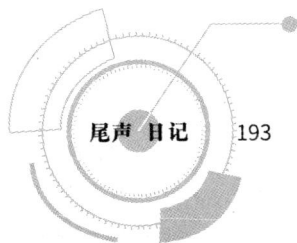

周梓龙看程锦云似乎反应不大，后者的表情更像在思考着什么。

　　周梓龙继续说："我问过一些研究前沿材料的朋友，他们对这种东西究竟是怎么制造的，一点儿头绪都没有；而且，你看……"说着，周梓龙将成像中的中科院中间的那栋建筑捏住，稍稍往前一推，整张地图也向前移动，又生成了新的成像——中科院的后花园。

　　周梓龙一边用手触碰后花园，一边用手捏住前端的宿舍楼，往里一缩，整张地图又像变小了一样，露出整个中科院的样貌。

　　周梓龙停下，静静地看着程锦云："这种东西，你当年见过吗？"

　　程锦云好一会儿都没说话，然后叹了口气，伸出两只手，将地图一拢，地图又变成一个球状物。

　　程锦云将这个球递给周梓龙，说："我想，你家里人不是不想告诉你，而是他们也不知道这到底是什么。你爷爷当年和家里人交代过，不得与外人议论他。来，把它收好。我给你看样东西。"说着,他拉开茶几的抽屉,从里面拿出一张照片。

周梓龙看过去,照片上的男性长得很清秀,戴着一副黑框眼镜。周梓龙将他和程锦云描述中的黄瑞江导师画上了等号,但对另一位女性没有任何印象。他们两个在照片里手牵着手,脸上带着微笑。周梓龙注意到,这张照片没有泛黄,就和崭新的一样。

"这是?"周梓龙问。

程锦云看着照片,看了好一会儿,说:"我接下来说的事情,你能保密吗?"

周梓龙愣了一下,点了点头。

程锦云看着照片,继续说:"这是黄瑞江导师和他的妻子。"

"妻子?我记得,他好像没有结婚?"周梓龙边说边翻看着录音笔上的记录。

程锦云深吸了一口气,继续说:"对,他在那时是没有结婚;但不代表在其他时空没有。我再给你讲个故

事吧。"

程锦云看向周梓龙，说："这个故事在我心底憋了很久，久到我自己都怀疑自己当时是不是在做梦。你还记得我说过之前去黄瑞江导师的房间拿 U 盘的事情吗？"周梓龙点头，没有说话。

程锦云继续说："导师的去世确实让我很难过。我过去给他测脉搏、呼吸的时候，发现他的枕头底下压着半张照片。"

周梓龙问："这说明了什么？"

程锦云说："我当时也不明白。我翻了翻他的抽屉，又找到了这个。"他说着，从抽屉里又拿出一个物件放在桌上。

那是一本日记。程锦云问周梓龙："你要不要看看？"说着就把那个日记本往周梓龙的方向推过去。

周梓龙看了看程锦云，将日记本拿起，翻看起来。

日记的第一篇日期是 2120 年 8 月 31 日。

2120 年 8 月 31 日 天气 晴

今天遇见了那个传说中的英雄，没想到，生活在几百年前的自己的偶像就坐在自己旁边吃饭，激动……把后面的牺牲忘了吧。

另外，今天是李欣哲他们回来的日子。他们也不会想到会有这种病毒吧。还好，他们不会知道这病毒是怎么来的，不然应该挺难过的。

…………

程锦云

…………

2121 年 9 月 6 日 天气 阴

HV1 出现了，每次想到在我那个年代那么轻易就能解决的病毒在这个年代会差点儿让人类灭绝，都会觉得有些不可思议。为什么我明明知道这些知识，却要等到自己死后才能说……明天，就该去找程锦云了。

…………

2122 年 10 月 21 日 天气 晴

终于回来了，那 5 天的日子简直不是人过的。要是早知道，我当时就不会让程锦云去找位置了。不过，至少把复活节岛引出来了，之后就要找个能看到火山的营地，等他们看到亮光，应该就行了。

这样真的有意义吗？一定要我牺牲后才能解决问题吗？

别自己吓自己，也许我不用死，也说不定。

2122 年 10 月 22 日

真的好疼。我后悔了。为什么要自己上？就算他们没办法一下子理解这木板给他们的信息，也能慢慢消化。大不了，就晚些弄出特效药。

今天得吃止痛药才能睡着了。

不过，我还得把这些数据导到电脑上……以他们的水平，能看懂的。

我后悔了，当时应该和木板说好假传输的，明天就要死了啊。

我真是……我不该演全套的。

李芊，我好想你。

我想回去。

"这是……"周梓龙眼睛大瞪，瞳孔收缩，他随手翻的几页日记所包含的信息量已经不是此时他大脑能够处理的了。

程锦云看着他的表情，笑了，说："我当时和你的反应一样。你觉得这说明了什么？""他可以……预知未来？"周梓龙小心谨慎地问出这句话。

程锦云看着日记，表情变得认真起来，继续说："也不完全是。后来，我想到他和周海涛的关系。我想，周海涛一定也知道些什么，所以，我当晚拿上日记本就去找周海涛了。"

我敲开周海涛的门。周海涛开门发现是我，却没有感到意外，他说："锦云啊，请进，有什么事？"

我走进去，周海涛把我安置在一把椅子上，自己

坐到另一把椅子上。

我说:"我去过我老师的房间了,他给了我一个U盘,说让我收好。"

周海涛点点头,说:"那个U盘是不是记录了他之前在木板上接收到的信息?"

我点头,继续说:"对,然后我还在他的房间找到了这个。"说着,我将照片和日记本拿出来,放到桌子上。

周海涛看着照片,没有说话。他拿起那本日记本翻了几页,顿住了。

"所以,这是什么情况?"我看着周海涛问。

周海涛默默合上日记本,看着我说:"听着,这些事情,你不需要明白。这本日记和照片,我会拿走。你不需要弄明白这些。"说着,他起身将日记本放到自己桌下的抽屉里,然后伸手要那半张照片。

"可是,这是我老师的东西,我想弄明白这到底是什么情况。到底是怎么回事?"我有些急切地问他,将照片紧紧攥在手中。

他坐回椅子上，看着我的举动，沉默着。

我继续说："是黄瑞江老师告诉我的，他说，我想知道什么就去找，去找真相。他还让我去找可能与此有关联的人，让我来找你。"

周海涛沉默着，似乎是在思考。

过了一会儿，他说："你能保证不会对其他人说？"

我点头，准备认真倾听。他继续说："你必须发誓，你不会对其他任何人说。"

我说："我发誓。"

周海涛冷笑一声，深吸一口气，然后将右手的无名指和食指轻轻放到左胸口，小声说了句："我的任务完成了。"然后抬头对我说："时监局，我们修正历史，溯源未来。"

"时……啊？"我确认了一遍。

"是的，时监局，全称时间监管局。我们来往于世界各个重要节点，将历史修正。"周海涛说。

"你们来自一个叫时间监管局的地方，是来帮助我

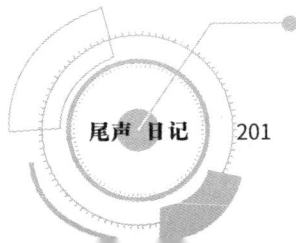

们渡过难关的？"我问。

"没错。"周海涛说道。

"这就是当时的情况。"程锦云说得津津有味。

周梓龙听罢，等了一会儿才说道："这就完了？"

程锦云点头笑着，说："对，不然，你还想要啥？是不是很不可思议？"

"这，所以说，你之前说的那么多事情，去复活节岛，找到特效药，因这个病毒死了这么多人却没有一开始就把特效药给出来，社会的崩溃……这些全都是他们早就知道的结果？"周梓龙的语气渐渐变得有些愤怒，甚至让程锦云有些惊讶：他怎么能这么快就接受了这件事情？有可能，他在溯源那张地图时就已经有所怀疑了。

"是的。"程锦云回答。

"为什么？既然这些是他们早就知道的结果，为什么不直接把药给出来就好？让这场瘟疫死了这么多人，让整个社会崩溃，这就是他们想要的？我不理解。"周梓龙说。他在沙发上调整了几个姿势，然后深呼吸，努力平复自己的心情。

程锦云说："我之前也是这么想的，直到后来，我了解了他们的运作方式。他们的总部设立在四维空间，那个空间如同地底，里面全都是一种他们称为'时间'的物质，是一种承载着引力以供给我们空间的物质正常存在的物质。在那里，他们能打通一条'隧道'，能看到我们这个空间的样貌，当他们发现我们这个空间有人凭空出现的时候，就会找他们时间监管局里长相与其相似的人，然后大致告诉他下去之后要干什么，再把他放下去，剩下的就全看那个人的发挥了。"

周梓龙思考了一阵，疑惑地问："凭空出现？"

"就是在时间的连续性上的断层。"程锦云说，他低头看着桌上的茶壶，似乎在想怎样才能讲得清楚些，"具体的机理我也不清楚，是那些工程师的事，大概就像从四维空间割了一个口子，这个口子可以通向三维空间且影响三维空间。他们割开这个'口子'之后，

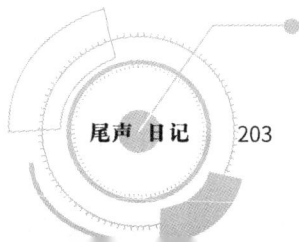

就能看到他们所影响的三维空间的样子。比如，他们看到在割开的地方突然出现了一个人，这个人根本没在三维空间之前的口子里出现过，那基本就可以确定这是从四维空间投放进去的人；接着，只需要在已经加入四维空间的人里找一个长相一样的人就行了。一般都能找到符合条件的人，然后就创建档案，让他们过去就可以了。"

周梓龙摇摇头："我明白了。但我还是无法理解他们为什么眼睁睁地看着人类遭受那么的灾难。"

程锦云说："没办法，那是一个成立不久的机构，他们刚刚打通通往四维空间的通道，还没有特别严格的规章制度。"

周梓龙看着程锦云："你也是时监局的人？"

程锦云摇摇头，说："时监局有一条规矩，就是不能告诉过去的人关于时监局的事情，如果我是时监局的人，早就被制裁了。我之前问过周海涛我能不能去，结果他说我太弱了，不让我去。"

周梓龙叹了口气："我真的没法理解他们的行为，要真的想帮助我们，直接帮不就好了？为什么非得绕这么大一圈。"

　　"大概是怕扰动我们这个空间的一些秩序吧，不敢大刀阔斧地去修改历史，只能贴合历史以完成历史。"程锦云说着，身子往后一摊，"好了，现在你也已明白这张地图的来历，也知道了自己爷爷当年的事情了，你还想知道什么？"

　　"不可理喻。"周梓龙关闭录音笔，将它与笔记本、照片一起放进包里。

　　程锦云看着他说："记者，你要走了？"

　　周梓龙还沉浸在刚刚对话的愤怒中，低头小声说："对不起，程锦云会士，我本来想问您当年发生的事情，我想试探出来，实在抱歉。"

　　程锦云笑着说："你不是记者，对吧？"

　　周梓龙默默点了点头，接着说："对了，会士，有人说过您看起来很年轻吗？"

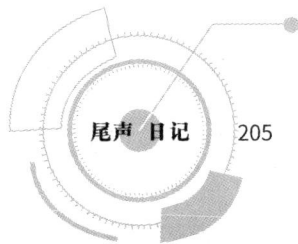

程锦云保持微笑道："这倒是经常有人说。那就看在你夸我的分上，我不追究了。来，小伙子，走吧，我送送你。"

周梓龙说："真的，我相信您一定能长命百岁。"

程锦云将周梓龙送到门口。

看着周梓龙远去的身影，他默默地将食指和中指贴在自己左胸上。

他就那样静静地站了一会儿，才优哉游哉地回到了屋子里。

刚回头关好门，屋里就传来一个他熟悉的声音："瞧你给自己说得多深情似的。你这么骗这小伙子，我都替你害臊。"

程锦云乐呵呵地转过头去，看着过道里的人说："要不是我把你送到时监局，就咱之前那医疗水平，你那病谁能给你治好啊？"

一位女性缓缓从过道里走出来，坐到沙发上，笑盈盈地说："好，我是不是还得谢谢你？"

程锦云笑着说："必须的。"说着，他坐到沙发上，坐到她的旁边。

　　"辛苦你了，雪儿。这么些年你都没法接触别人，只能偶尔回到四维空间去找那群人玩。"程锦云说。

　　"没事儿，要没有你，我早就死了。不过，我说，你所说的马斯克做的那些事不就是你做的吗？"雪儿——或者说刘志雪——将头靠在程锦云的肩上，慢慢地说。

　　程锦云笑着说："我这不是为了铺垫后面周海涛说我太弱了不让我去时监局才那样说的嘛，这个人就是我编出来代替我的。怎么样，厉害吧？"

　　"老年人啊，总喜欢做一些根本无意义的事。"刘志雪学着程锦云的语气说，"明明当时在津地区把你们救出去的是周海涛，你却安到马斯克的头上。"

　　程锦云说："你也知道四维空间能给人活力，那就做些小年轻会做的事嘛。你不也在那边待了好久。你看，那边又有那种全世界都在眼前的通透感，又让人感受

到青春的力量，多好。"

刘志雪笑眯了眼："不过啊，说起来，为什么你要告诉他关于时监局的事情？这不能随便乱说的吧？"

程锦云看着刘志雪，耸了耸肩，说："我也不知道。不过，在我的任务清单里，确实有让我告诉他这件事情的内容；而且，我不仅要告诉他，还不能说我是时监局的。四维空间的隧道还没彻底打通，我猜，在之后没打通的这段时间里，应该会知道为什么要告诉他这件事的原因吧。"

"你觉得原因是什么？"刘志雪眨了眨眼。

"我觉得？"程锦云看着桌上的杯子，认真地思考了一下，说，"我觉得可能是因为要让他把这件事情秘密地披露出去吧。让我告诉他时监局的人不能随便暴露身份，再假装自己不是时监局的人，这样就给他一个'不是时监局的人'就可以将这件事情说出去的理由；接着，又告诉他不能和其他人说，这样，就不会特别明目张胆——因为，如果我知道他透露了风声，就不好了……年轻人嘛，遇到这么有趣的事情，怎么会不说出去呢？"

程锦云说着说着，自己也笑了，接着拍了拍刘志雪的肩，又说："好了，宝贝，我想吃饭了，我饿了。"

刘志雪听罢，站起来拍了一下程锦云的头："死老头，等着。"说完便走向厨房。

程锦云笑着，看着一尘不染的客厅，突然出现了一种空虚感。在那场瘟疫结束之后，这种空虚感就时时包裹着他的全身。

他闭上眼睛，仔细感受体内大脑的运转、血液的流动。这些年来，程锦云一直都觉得少了一样东西，一样从他当年以为刘志雪去世后就一直存在的东西。

或者说不是东西，是朋友。

他睁开眼，起身走向二楼自己的房间。

科学会下在编的人类不足5亿人，没多少人能熬过末世刚开始的那段黑暗时光。虽然他没有经历过，但是能从其他地方感受到那种残酷。各个营地饱和后，

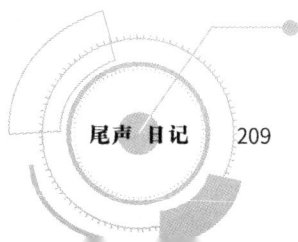

就不再召集对营地做不出贡献的没用的人了；而资源向各个营地聚拢的同时，剩下的人由于饥饿，要么去找以前从未尝试过的虫子吃，造成食物中毒，暴尸荒野；要么去寻找其他没用的人，互相啃食，两败俱伤，易子而食也是常有的事；当然，还剩下第三条路——自杀。

程锦云走进房间，阳光刚好照到他窗前的桌子上。他拉开抽屉，首先映入眼帘的是一个文件夹，上面写着"梦的解析"几个字。

程锦云没有理会它，伸手从下面取出一张荣誉证书，上面清晰地写着：肌萎缩侧索硬化症状攻克者——程锦云。

程锦云脸上并没有出现像往常那样的笑容，他只是低头看着那张证书，自言自语道："这也算是我这辈子唯一一个没有你参与的荣誉了，是吧？明明就是因为你，我才出现的；却只有这项成就你没有参与。"

只有他知道，在这个故事里，有一个只属于他自己的秘密。

2122年12月6日，科学会总部内。

程锦云猛地醒过来，坐起来。周围一片漆黑，只有一盏灯吊在中间，却照不亮除了那一小块区域以外的地方。在灯的下面，站着一个人，背对着他，背影看起来与程锦云无异。

程锦云似乎对这个场景习以为常，他默默站起来，看着那个人说："你下来吧，咱那儿都被毁了，我们已经失败了？还是说，你又拉错了？"

"不，没有完全失败。"那个人说着，回过头来看着他，他的长相和程锦云像一个模子里刻出来的。他走到暗处，程锦云却依然能清晰地看到他的相貌。

程锦云叹了口气，说："还能怎么办呢，就算是你也没办法解决这个问题了吧，马斯克。"马斯克摇摇头，说："你记不记得 X 干细胞的用法？"

程锦云低头思索了一下，说："是可以利用载人部分 DNA 进行定向分化……有什么问题吗？"

马斯克看着程锦云说："奢侈基因，不在地球。"

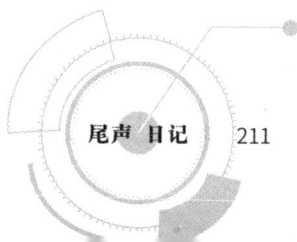

程锦云一愣，说："不同的细胞类型进行特异性表达的基因……所以，这个干细胞应该有一种对应的奢侈基因才对？"

马斯克点头，说："之前我们的思路有问题，如果找到 HV1-S 的奢侈基因，就好了。"

"可是，你这也只是猜测吧？"

马斯克坐下，盯着地板说："我还需要推导一下，但从奢侈基因上应该可以推导出一种逆转录酶。它可以作用于这种干细胞。"

程锦云点头："这就是你把我拉回来的原因？"

马斯克说："对。"

程锦云叹了口气，接着说："我们现在有这个思路也晚了，还不如研究一下为什么我们两个——主副人格之间的对话为什么能这么顺利。自从刘志雪去世后，我这里就跟有两个脑子一样。"

马斯克又摇了摇头，说："不，你知道梦的作用吗？"

程锦云问马斯克："什么意思？"

马斯克目不转睛地盯着地板，说："我接触了那块木板后，稍微研究了一下，梦和木板种族的器官很像。"

程锦云一愣："什么意思？"

马斯克抬头看向程锦云，说："梦，是我们的一种器官，一种能让我们的思维联系起来的器官。如果我的猜测没错的话，那么我们就绝对可以利用梦来沟通所有人的思维。这样，我们就可以更有效地利用大脑，可以大幅度地缩短我们研究的时间，也就有可能在我们灭绝之前解决这场瘟疫。"

程锦云听完，短暂地消化了一下这段话后，直接蹦起来，说："那么，那个方法是什么？还等什么，我们直接开始吧！"

马斯克却只是看着程锦云，没有说话。

程锦云看着马斯克的样子，就像被泼了一盆凉水一样，冷静了下来。他看着马斯克说："怎么回事？"

"一般情况下，我们的梦没有逻辑，我们也记不住，几千年来，我们从来没有开发过这个器官，现在突然

要激发它，我并不知道会发生什么样的事情。最坏的结果就是，会出现大脑承受不住而死亡的情况。"马斯克说。

程锦云愣了愣，低下头，学着马斯克看向地板，没再说话。

"所以，你愿意试试吗？"马斯克说。

程锦云愣了愣，抬头看着马斯克。

"根据我们的情况，如果梦的连通需要代价，受到伤害的就有可能只是其中的一个人格，也就是去和其他人联系的人格。"马斯克说。

"什么意思？"程锦云看着马斯克问。

"我们都别站在灯下，然后一起睡觉，当我们都在梦里找到对方的时候，你待在原地，我去寻找其他人交涉，最后将所有人的逻辑汇总，交到你的手上就好……你愿意冒这个险吗？"马斯克继续说。

程锦云看着马斯克的眼神，马斯克的眼睛里除了坚定，还有一种从容。

程锦云盯着马斯克的双眼，稍做考虑后，郑重地点了下头。

　　马斯克从口袋里掏出一个陀螺，递给程锦云，并告诉他，在梦里，这个陀螺会一直转动，它会给自己提供回来的方向。

　　马斯克再三叮嘱，一定要保证一直在睡梦中，万一程锦云醒了，自己就有可能迷失在梦境里。

　　之后，就是一个很简单的王道故事。程锦云和马斯克同时在一间房子里坐着，程锦云转动陀螺，马斯克打开房门走了出去。等马斯克打开门回来时，他翻着白眼，全身撑在门上，口中还不停念叨着什么。

　　程锦云连忙过去扶住他，马斯克却突然抓住程锦云的头，死命地摁向自己嘴边，说："周海涛，周，知道，周海涛……"

　　程锦云还没反应过来，突然感觉大脑一涨，紧随而来的是剧烈的头痛和全新的知识。在最后的时间里，马斯克虽然已经神志不清，但依然挑选出人类大脑一

次性能承受住的知识来灌输。至于之后的事情，就要看程锦云能推导到哪一步了。

…………

程锦云回过神时，发现自己已经盯着这个奖状看了好一会儿。梦里的故事，他不愿再多去回忆。重新将这项荣誉放进柜子后，他抬头看向窗外。

外面晴空万里，科学会总部在不远处屹立，喷泉在阳光下熠熠生辉，指向永无止境的探索与未来。